KB142134

일희일비의 맛

일러두기

본문의 주가 및 수익률은 집필 당시(2021년 3~4월) 기준입니다.

일희일비의 맛

이게 바로 주식하는 재미

홍민지 지음

drunken
editor

기획의 시작

"정아, 너도 얼른 주식 시작해."

"아이고~ 그럴 정신 없다. 주식은 무슨."

작년 초여름, 친구가 뜬금없이 카톡을 보내왔다. 지금 다 주식으로 떼돈 벌고 있다고. 너도 이제 주식 좀 해보라고.

드렁큰에디터 브랜드를 막 런칭해 먼슬리에세이라는 시리즈를, 말 그대로 한 달에 한 권씩 만들어내느라 잠도 줄여가며 일하던 때였다. 기획자로서 내가 꾸린 일의 재미와 자부심에 한껏 도취된 시절이었다. 근데 지금 나보고, 주식 같은 걸 하라고? 육

성으로 콧방귀를 뀌며 답을 보냈다. '브랜드 잘 키우는 게 나한텐 주식'이라고.

몇 달 후, 선배와 퇴근 맥주를 마시는 자리. 선배는 메뉴 맨 꼭대기, 젤 비싼 모둠사시미를 주문하더니 오늘은 자기가 쏘겠다고 했다. 왜요? 상기된 표정의 선배가 주식 계좌를 열어 보였다. 이게 뭐예요? 3연상이었다. 3일째 상한가. 2천만 원 가까운 돈이 빨간색으로 찍혀 있었다. 와… 이게 주식이란 거구나… 진짜 이런 세계가 있구나… 사람들이 다 여기서 돈을 벌고 있구나. 혓바닥에 착 하고 달라붙는 사시미는 정말 달큰했다. 돈의 맛이었다.

며칠을 벼르다 같은 종목을 샀다. 나도 이제 올라탔으니 달리는 일만 남았다. …정말 그런 줄 알았다….

일주일 내내 주가는 떨어지기만 했다. 아니 이게 도대체 무슨 일이야. 선배는 조정 중이라고 했다. 조정? 뭘? 누가? 왜??? 월급 절반이 녹아내리고 있었다. 없던 병도 생길 것 같았다. 이대로는 도저히 사람이 살 수가 없다. 그래, 여기까지 하자. 어른의 결단을 내릴 때다. 일주일의 마음고생 끝에 금요일, 손절을 했다. 차라리 홀가분했다.

그리고 월요일. 불기둥이 치솟았다. 내 오장육부에서도 치솟아 오르고 있었다. …선배는 또 벌었다….

그날 밤, 도저히 잠을 잘 수 없었다. 자려고 누웠다가 정말로 이불을 발로 걷어차며 몇 번이나 벌떡벌떡 일어났다. 오늘의 이 분노, 절망, 배신감, 복수심을 잊지 않겠다. 광기 어린 단타 사냥꾼(도박꾼)이 된 나는 그때부터 바이오 테마주를 쫓아다니며 수백을 벌고, 또 수백을 잃었다. 그렇게 반년간 내 멘탈과 잔고에 몰아쳤던 폭풍우는 기어이 또 바이오주 상투를 잡아 강제 장투에 들어가고서야 (시드가 없는 관계로) 결국 잠잠해졌다.

올 초 코스피 불장으로 삼성전자가 '10만 전자'를 내다보던 그때, 불현듯 그런 생각이 들었다. 이걸 책으로 만들어보자. 2030 개미가 전년 대비 300% 늘고 개인투자자 비중의 절반을 차지한다는 지금, 대한민국의 가장 뜨거운 화두인 주식을 에세이로 기획한다면? 왜 진작 이 생각을 못 했지? 갑자기 마음이 급해진 나는 드렁큰에디터 인스타그램(@drunken_editor)에 원고를 모집하겠다는 공모를 올렸다.

예상보다 많은 원고들이 속속 도착했다. 주식으로 벌어본 사람, 잃어본 사람, 1년 안팎의 나 같은 개미, 십수 년의 베테랑…. 다채롭고 생생한 이야기들이 담겨 있었다. 주식을 하는 모든 사람은 저마다의 역사가 있다. 최종 다섯 편을 압축해놓고 며칠을 다시 읽으며 고민했다. 그중 드라마틱한 에피소드, 속도감 있는 전개로 에세이의 강점을 잘 살리면서도 MZ세대의 라이프스타일과 소비생활, 경제관념을 샘플원고 속에 잘 녹여낸 홍민지 작가를 이번 기획의 저자로 뽑았다.

기획자에겐 일상의 관심사가 결국 기획의 소스가 된다. 잔고는 반토막이 났지만 이렇게 책 한 권이 만들어졌다.

…이렇게 훈훈한 결말로 끝내고 싶지만 인생은 호락호락하지 않다. 어제, 출간 준비로 담당 마케터와 회의를 하는 와중에 또 15%가 떡락했다. 책이고 나발이고, 회의고 나발이고 이게 다 무슨 의미. 내 계좌가 녹고 있다…!!! 마케터는 나를 위로하며 자신의 손절 역사를 털어놓았다. 뭐, 다 그런 것이다. 누구나 그런 것이다. 같이 웃고 떠들다보니 이상하게 끈끈한 동지애가 생겨났다.

　그래도 오늘은 8% 올랐다. 손절 안 하길 잘했다.
　이게 바로 주식하는 재미, 일희일비의 맛!

목차

단타의 맛

장투의 힘

주식 쇼핑

징크스

노하우

가이드

어제는 쇼핑왕,
내일은 주식왕

알림톡: 현금매도 전량체결 지에스이 880주

오늘 주식 하나를 팔았다.

다사다난했던 나의 주식 인생 10년을 함께해온 역사의 산증인을, 드디어 떠나보낸 것이다. 올랐다 내렸다를 멀미 나도록 반복해도, 상장폐지가 되거나 3배수 떡상을 해도 이상하지 않을 그긴 시간 동안, 10년 전 매수가 언저리를 점잖게 맴돌기만 하던 초창기 원년 멤버와 드디어 이별한 것이다.

주식에도 감가상각의 법칙을 적용해야 한다며 지리멸렬한

이놈의 주가를 한탄하는 챕터를 쓴 게 봄비 내리는 어느 날이었는데 퇴고를 앞둔 초여름, 난데없이 2,000원대 지붕을 뚫은 것이다. 어제 흉본 친구한테 서프라이즈 선물을 받은 기분이다. 《일희일비의 맛》이란 타이틀을 달았지만 오늘 매도한 지에스이 주식엔 백희백비, 아니 만희만비의 오만 감정이 담겨 있다.

나는 10년 차 개미다. 사회초년생 시절 선배들 따라 얼떨결에 주식에 발을 들였다 호되게 쓴맛을 보고는 잠정 은퇴, 작년 초 주식판에 다시 등판했다. 평생 쓸 줄만 알았던 전직 맥시멀리스트 쇼핑왕의 과거를 청산하고, 열심히 번 돈 똘똘하게 굴려보겠단 당찬 의지의 표명이기도 했다. 건실하고 뜻 깊은 행보였다.

단 한 가지, 코로나 발발 한 달 전이란 귀신 같은 타이밍에 하필 컴백했다는 점을 제외하면 말이다. 이후 팬데믹 공포에 코스피는 1,400선까지 붕괴됐고, 10년 만에 야심차게 컴백한 주식 계좌는 순식간에 반토막이 나버렸다.

농도 깊은 마음고생과 심도 깊은 정신수련이 한데 뒤엉킨 날들이었다. 의욕만 앞섰지, 주식도 쇼핑하듯 충동적으로 사들이다 물리고 아픈 날들의 연속이었다. 그 모든 시행착오 속에서도 이상하게 주식은 매력 있었다. 팬데믹이 불러온 전혀 다른 세상, 대한민국 코스피 시장은 코로나를 기점으로 전에 없던 호황을 맞았다. 전 국민의 유행템처럼 너도나도 주식을 하는 시대가 온 것이다.

그간 직접 구르며 경험한 나의 다채로운 주식 삽질기, 파란만장했던 주린이 컴백 무대의 비하인드와 시행착오를 가감 없이 담아냈다. 이쯤은 먹고 나가겠지 싶은 판에서도 마이너스를 치고, 호재다 싶어 들어간 타이밍은 왜 꼭 고점인지. 어떤 날은 이유도 모른 채 날아가는 주가에 극락을 만끽하기도, 제대로 낚였다 생각한 웬수 같은 주식이 효자 종목으로 돌변하는 행복한 아이러니를 경험하기도 한다.

이 책엔 내가 샀던 모든 주식들과 그에 얽힌 에피소드가 빠짐없이 담겨 있다. 쇼핑하듯 막 사들인 충동구매템, 운 좋게 얻어걸린 단타, 강제 장투의 길을 걷게 된 세기의 존버템, 2%만 더 먹자 싶은 욕심에 타이밍을 놓치고 물려버린 주식, 친구 따라 주식 샀다 얻어걸린 익절까지.

그 모든 에피소드는 누군가의 과거이자 현재이며, 머지않아 펼쳐질 미래의 이야기가 아닐까. 언제부터 시작해 얼마의 시드를 굴리고 수익이 몇 퍼센트인지, 잔고 사정은 제각기 달라도 주식과 함께하는 일상엔 숫자로만 대변할 수 없는 감정과 서사가 공존한다. 그 속에서 느낀 참으로 다양한 주식의 맛을 담았다. 때론 맵고 짜 눈물이 날 것 같고 때론 달달해 죽을 것 같은 그 맛, 주식하는 우리들만 아는 바로 그 일희일비의 맛을 말이다.

주가란 변화하는 유기체다. 이 글을 쓰는 나의 오늘과 이 글을 읽을 여러분의 오늘이 플러스일지 마이너스일지 그 누구도 알 수 없다. 천장을 뚫고 날아갈 것 같던 주가가 지난한 조정을 맞기도, 어제의 물림이 내일의 반등 재료가 되기도 한다.

누구도 예측할 수 없기에 다시 또 내일 개장을 기다리게 만드는 중독적인 그 이름, 주식. 불안과 환희, 혼돈과 확신 사이를 오가며 오늘도 코스피란 망망대해를 유영한다. 그동안 내가 얻은 것이 하나 있다면, 주가라는 파도 위에서도 낮잠 한숨 때릴 수 있는 여유라 말하리라. 이 책을 읽는 여러분 모두의 성투와 잔고의 안녕을 바라며, 역시나 울렁거리는 파도 한 가운데서 외쳐본다. 무사히, 우리 뭍에서 만나요-

단타의 맛

2021 오스카
단타장 현장 취재

SM Life Design(063440) | **웰크론(065950)** | **케이엠(083550)**

주식은 흡사 연애 같다. 하루 종일 머릿속에서 생각이 떠나질 않고 온 신경세포가 거기에만 꽂혀 있다. 내 감정은 그에 따라 롤러코스터처럼 요동친다.

수익이 날 땐 기분이 성층권을 뚫고 날아가지만 마이너스를 칠 땐 심장이 단전께로 철렁하고 내려앉는 것 같다. 연애가 뭐 별건가. 돈 쓰고 시간 쓰고 마음까지 쓰면 그게 사랑이지, 암.

그런 의미에서 주식판에도 두 가지 모양의 사랑이 있다고 믿는다. 불같이 뜨겁고 짜릿한 썸, 구들장처럼 뭉근하고 오래가는 찐사랑 말이다.

단타는 달콤하고 위험하다. 벌든 잃든 결론이 빠르고 수익률 또한 직관적이다. 수익의 낙차만큼 감정의 폭이 요동치니 스릴마저 넘친다. 중독성이 큰 이유다. 여기에 한번 맛들이면 건실하고 장기적인 투자 따위 생각하기 어렵다.

올라가는 급등주 바짓가랑이라도 붙잡고 올라타 얼마라도 수익을 본 날이면 고수익 전문 알바라도 뛴 것처럼 스스로가 대견하다. 자본의 세계 그 거대한 톱니바퀴 속에 눈치 빠르게 착착 자기 몫을 다한 느낌마저 준다. 잃으면 또 잃는 대로 다음을 기약한다.

눈 뜨고 코 베이듯 순식간에 잃었으니 복구도 금세 될 것만 같은 착각이 들어서일까. 마작 테이블에 앉아 또각또각 패를 굴리고 있는 듯한, 슬롯머신 숫자가 돌아가는 걸 조마조마하게 지켜보는 것 같은 애타는 긴장과 흥분이 단타의 마력이다. 직관적인 판단과 확실한 결론. 두근두근 지독한 썸을 타는 연애 초기의 달뜬 기분과 무척이나 닮아 있다.

체계적인 스터디나 계획 없이 일단 주식판에 뛰어들고 본 개미들은 단타에 먼저 빠져들기 쉽다. 딱히 투자 단서나 전략이 없는 주린이의 눈에 상한가 치고 있는 급등주는 돈이 쏟아지는 기회의 장 같다. 돈과 수급이 쏠리는 단타주를 기웃거리다 '그럼 나도 한 번?' 하고 덜컥 올라탄다면 결과는 둘 중 하나다. 초심자의 행운을 얻거나 시작부터 어마어마한 쓴맛을 보거나.

주식 경력이 쌓이면 쌓일수록 단타와 거리두기를 하게 된다. 장투보다 어려운 게 단타란 걸 체득하기 때문이다. 제대로 된 전략 없이 그저 먹고 나올 욕심만 가지고 달려들었다간 고점에 물려 구조대나 기다리는 신세로 전락하기 십상이다.

나의 첫 단타는 코로나 테마주였다. 10년 만에 주식판에 재입성한 후 곧바로 맞은 코로나 직격탄으로 심신이 너덜거리는 와중에 보니, 이 재난 시대 필수템 관련주들은 죄다 연상이 기본인 거다. 마스크가 대란일 땐 마스크 제조업체가, 소독제가 필수품이 되었을 땐 알코올 제조회사가, 전 국민 집콕으로 택배 상자 수급이 딸리자 골판지 회사마저 상을 쳤다. 무섭게 솟구치는 두 자릿수 빨간 화살표를 보니 몹쓸 호기심이 고개를 들었다.

하여, 마스크 대표주라는 웰크론(065950)과 케이엠(083550) 두 회사 주식을 사이좋게 각각 1,000,000원어치씩 사들인다. 말 그대로 충동구매성 단타였다. 그리곤 3일 만에 각각 14.59%,

7.51%의 수익을 올린다. 마냥 기뻐하긴 그렇지만 그렇다고 기쁘지 않을 수 없는, 3일간의 고효율 재테크였다.

그러나 테마주 단타의 말로가 언제나 아름다울 수는 없는 법. 날카로운 단타의 추억은 불과 며칠 전으로 거슬러 올라간다. 고효율 단타 거래는 꽤 매력적임에도 내 전공 분야는 아니란 결론을 내린 지 오래지만, 공교롭게도 이 책 원고를 쓰던 중 외면할 수 없는 거국적 기회가 찾아왔다.

작년 아카데미 시상식에 봉준호와 〈기생충〉이 있었다면 올해 〈미나리〉와 윤여정 아닌가. D-1, 93회 아카데미 시상식이 코앞으로 다가왔다. 아는 맛이 더 무섭다고 〈미나리〉 관련주를 서치하고 관심종목에 넣어두긴 했었다. 뒤이어 자세히 나오겠지만 〈기생충〉으로 아카데미 엔터주 공식을 온몸으로 느껴본 뒤였다.

나름의 노하우를 살려 이번에도 한 번 도전해볼까 하다가 어느새 한 달이 훌쩍 지나버렸다. 주식 에세이를 쓰다 역설적으로 주식할 시간을 잃어버린 자의 고충이랄까. 하필 시상식 하루 전날 밤 문득 의지가 솟아나서는, 그래 내일 아침엔 발로 뛰는 현장 취재를 나가볼까 다짐을 한 것이다.

사실 단타 타이밍은 지났다고 보는 것이 맞다. 배우 윤여정의 오스카 테마는 이미 주가에 선 반영되고 재료 소멸을 마친 후였다. 뜨겁다 못해 화염 같은 2021년 코스피 장에 오스카 테마주는 이미 최고점을 찍고 대부분의 개미들이 수익실현을 마친 후였다.

맨 처음 〈미나리〉 관련주를 서칭할 때만 해도 대장주라는 SM Life Design(063440)의 주식은 3,000원대 초반이었다. 〈기생충〉 때와 마찬가지로 여러 시상식을 휩쓸며 아카데미 수상 기대감이 더해져 당시에도 주가가 꽤 오른 상태였다. 윤여정 트로피에 단타를 걸 거였으면 적어도 이때 시드를 담갔어야 맞다.

아차차 하고 찾아본 D-1엔 이미 주가가 최고점 5,100원을 찍고 퍼렇게 흘러내리며 마무리되어 있었다. 먹을 사람 다 먹고 빠진, 전형적인 재료 소멸 차트였다.

그녀의 수상에 이변이 없을 거란 공감대가 지배적이었고, 이미 윤여정이란 배우의 매력에 사정없이 빠져든 외신들이 연일 〈미나리〉와 'Yuh-Jung Youn'을 외쳐댄 후였다. 며칠이라도 빨리 사보는 건데 아쉽네 하며 대망의 93회 아카데미 아침을 맞았다.

그럼에도 흥미진진한 장이었다. 9시 개장과 함께 스키점프라도 탄 듯 주가는 저점을 시원하게 한 번 찍더니 여우조연상 시상이 다가올수록 점점 거래량이 솟구치며 주가가 오르기 시작했다. 쫌만 담가볼까…? 주식 에세이 쓰면서 이런 취재도 해볼 만하잖아? 명분이 생기니 용기가 났다.

정확히 오전 10시 28분, 영광의 순간을 향해 돌진하는 위험천만 레이스에 기어이 탑승한다. 4,000원에 250주 체결. 단돈 몇 만 원이라도 시급 챙기려면 시드가 더 있어야 하지 않겠어? 3,950원에 150주를 더 담았다. 드디어 여우조연상 시상이 시작되자 호가 창은 줍는 자와 던지는 자들이 한데 뒤엉킨 아수라장이 된다.

어차피 엄청난 차익을 내기엔 늦은 타이밍이니 물량이라도 채워둬야 티가 나지, 암. 4,030원에 100주를 더 담아 딱 500주를 맞췄다.

바로 그 순간, 모두의 염원을 담은 세 글자, 그녀의 이름이 울려 퍼지고 두고두고 회자될 레전드 수상 소감이 이어졌다. 원체도 멋진 애티튜드와 연기 경륜, 스타일까지 참 좋아라 하는 분이었는데 그 역사적인 순간을 무려 라이브로 함께하면서도 나는 집중하질 못했다.

얼른 이 500주를 던지고 단돈 몇 만 원이라도 챙겨 나와야 한다. 'Yuh-Jung Youn'이 호명되자마자 귀신같이 주가가 줄 줄 흐르기 시작했기 때문이다. 애초에 소멸된 재료의 잔 불씨로 시작된 초단타의 긴박한 현장이니 얼른 던지고 나가는 사람이 승자.

큰 욕심 안 부리고 매도가를 걸어놨는데 매도세가 훨씬 세니 지정가에 닿질 못하고 계속 퍼렇게 숫자가 내려앉는 게 아닌가. 아니, 떼돈 벌겠다는 것도 아니고 나는 취재 겸 들어왔고(계속해서 강조해본다) 그러니까 이쯤에서 먹고 나가야 하는데…? 화면을 수놓은 브래드 피트의 수려한 외모, 위트 있고 멋들어진 역대급 수상 소감도 눈에 들어오지 않았다.

나가야 해, 난 여기서 나가야 해! 지금 500주를 담가놨단 말이다! 이러다 묶여서 날린 돈이 한 바가지였기 때문에 본능적으로 지금은 단돈 몇 만 원에 미련을 떨 때가 아니란 강력한 확신이 들었다.

얼마라도 수익 내려는 마음 따위 싹 비운 채 결국 3,894원에 500주를 던지고 빠져나왔다. 10시 59분이었다. 그렇게 31분간 -3%, 60,000원이란 취재비를 날리고 도망치듯 나와버렸다.

간만에 단타장 롤러코스터를 제대로 타고 나왔다. 재료 소멸의 전장에 몸소 뛰어들어 아카데미 테마주 AR 체험을 오감으로 훑고 나온 기분이랄까. 시상자가 등장해 후보자를 호명하는 순간 최고점을 찍고, 이름 세 글자가 불린 순간부터 무섭게 빠지는 주가를 보며 재료 소멸 캠프파이어가 이런 거구나 실감했다. 먹을 사람 다 먹고 나간 것 같던 시상식 당일에도 잔 불씨가 이토록 뜨겁단 걸 오감으로 체감한 30분이었다.

실제 거래량을 보면 5,150원 최고점을 찍은 전주 금요일 대비 시상식 당일 거래량이 1.5배다. 단타 전문 개미라면 이 무근본 캠프파이어에서도 또 얼마를 벌고 나갔으리라. 나름 단타 경력은 꽤 탄탄하다 생각해 시급 50,000원 정도는 가뿐할 줄 알았는데 되레 남들 단타 물량을 대주고 나온 꼴이다.

이후 각종 매체에선 연일 그녀의 오스카 쇼스틸러 특보와 배우 인생 대서사를 대서특필했다. 몇 번을 다시 봐도 멋진 수상 소감과 '선이란 저런 거구나'를 딱 지키는 쿨한 애티튜드, 자기이해를 완벽히 끝낸 패션 만렙 스타일링까지. 오스카의 윤 선생님은 참으로 멋졌다.

그렇게 주옥같은 세기의 명장면들을 눈앞에 두고도 단타장 탈출 말곤 보고 들리는 것 전혀 없는 진공의 상태였다. 주위 사람들이 아무리 말려도 헤어나올 수 없는 불 같은 사랑에 빠진 느낌을 오스카 단타장 한가운데서 마주친 것이다.

언뜻 보면 단순한 로직 같지만 단타는 절대 만만히 볼 게 아니다. 저점 진입, 고점 매도 타이밍을 정확히 파고들지 않으면 순식간에 남들 단타에 피 같은 돈을 헌납하고 멘탈까지 탈탈 털려 나오기 십상이다.

내가 단타를 점점 멀리하게 된 이유도 거기에 있다. 파편적이고 감정소모 심한 썸보다 안정감을 주고 믿음을 나누는 연애에 매력을 느끼게 되는 이치랄까. 짜릿하고 불 같은 썸이 때론 얼마나 아프고 치명적인지, 우린 굳이 수업료를 내고 배운다.

오래 물려 있는 처치 곤란 주식 몇 개를 제외하고 나는 요즘 '당장 팔아 수익 내는' 단타보다 '조금씩 더 주워서 오래 들고 가는' 장투에 포커스를 맞춘다. 장투가 좋은 이유는 멘탈 관리가 용이하다는 데 있다.

천하의 삼성전자도 계속 주가가 오를 수만은 없다. 여러 이

유들로 조정을 받을 때도 있고 몇 프로씩 시총이 날아가는 날도 오기 마련이다. 남들 수익률만 보고 갑자기 뛰어든 주린이나 고점에 들어온 개미들은 대개 이 지점에서 울분을 토하며 손절을 치곤 한다.

장투를 마음먹은 자는 글쎄, 강 건너 불 보듯 관망할 수 있지 않을까. 당장 팔아 수익을 낼 필요도, 꼭 치워 없애야 할 미션도 없다. 게다가 주식은 살아 있는 유기체 아니던가. 주가가 너무 빠진다 싶으면 되레 물타기를 해 비중을 높일 수도 있고, 그냥 덮어뒀다 나중에 열어보면 제자리로 돌아오거나 오히려 더 가는 경우도 많다.

주가란 그런 것. 오래된 연인의 바이브로 서로 사정을 이해해주고 그저 믿어주면 되는 것이다. 잠깐 돈 넣어 수익만 뽑아먹고 헤어질 마음 잠시 내려놓고, 주식을 나의 일상 한 부분으로 여기며 진득이 함께 가는 것이다.

아직 경험 적고 확신도 부족한 주린이라면 특히, 이런 뭉근한 장기투자 마인드세팅이 답이다. 단기간에 필요 이상의 감정소모를 하다 주식에 지레 질려버리지 않고 오래 갈 수 있는, 주식과의 안전한 연애법인 것이다.

　모든 사랑은 대개 비슷한 떨림으로 시작되지만 결말은 제각기 다르다. 그 관계가 한여름 밤 불장난이 될지, 믿음직한 파트너로 발전할지는 당신의 선택에 달렸다.

봉준호 테마주와
샤넬백

바른손이앤에이(035620)

지금으로부터 딱 1년 전 일이다. 엑셀더미와 메일함을 오가며 오늘은 반드시 끝내야 할 보고서를 만들던, 평범하기 그지없는 일개미의 하루. 한 가지 특이점이 있다면 모니터 아래에 휴대폰을 걸쳐둔 채 오른쪽 귀엔 에어팟을 꽂고 있었다는 것.

그렇다. 나는 사무실 한 가운데서 역사적 순간을 온 세포로 만끽하고 있었다. 비록 신분이 미천한 사노비인지라 육신은 서울 한복판 사무실에 매여 있지만, 우리나라 역사상 전례 없는 문화적 커리어를 쓸지 모를 그 순간을 놓칠 수가 없던 것이다.

뭔가 큰일이 날 것 같은 예감에 한쪽 귀에는 에어팟을, 나머지 한쪽은 사무실의 지리멸렬한 공기에 열어둔 채 나는 92회 아카데미 시상식을 유튜브 생중계로 함께하고 있었다.

기세가 심상치 않았다. 칸 황금종려상도 엄청난 커리어였는데 하나씩 트로피를 추가하더니 아카데미의 전초전이라고 하는 골든 글로브에서도 외국어영화상을 받은 것이다. 주요 부문 후보에 이름을 올린 것도 모자라 여러 매체와 뉴스에서도 수상 가능성을 점치고 있었다.

오전 10시, 고요한 전운이 감도는 서울의 사무실에서 LA 돌비극장의 긴장감을 함께했다. 그렇다. 우리 모두의 마음을 달뜨게 했던 2020년, 봉준호 감독의 〈기생충〉 이야기다. 결론은 모두가 알고 있듯 아카데미 총 4관왕, 그것도 작품상과 감독상 등 이전엔 꿈도 꾸기 어려웠던 주요 부문을 휩쓸었다.

다시금 강조하지만 나는 지금 영화 리뷰나 봉준호 감독의 전기가 아닌 1년 전의 매매일지를 쓰고 있다. 유튜브 라이브 댓글창이 기대와 흥분으로 터져나가고 지인들 카톡방도 달아오를 때쯤 문득 나의 뇌리를 스치는 것이 있었다.

어, 이거 제작사가 있을 텐데? 이 정도 대형 호재면 모르긴 몰라도 확실히 상 갈 것 같은데? 지금 같은 주식 열기에야 후보작 오른 직후부터 온갖 개미떼가 들러붙고 거래량이 요동쳤겠지만 불과 1년 전만 해도 갓 코로나가 발발한, 폭풍 전야의 2월이었다.

간만에 발동한 개미 본능과 함께, 연말에 넣어둔 약간의 예수금으로 이 주식을 사봐야겠단 강렬한 도전의식이 타올랐다. 그렇게 나는 아카데미 시상식을 한 귀로 엿듣다 바른손이앤에이(035620)의 주주가 된다.

실로 짜릿한 한 주였다. 봉준호 감독에게 역사적 커리어의 트로피를 안긴 이 영화 한 편이 바른손이앤에이 주주들에겐 T익스프레스 뺨치는 희열의 주간을 안겨주었다. 수상 직후 거래량이 터진 것은 물론 1,000원대였던 이 주식은 계속해서 앞자리를 바꿔가며 하늘 높은 줄 모르고 치솟기 시작했다.

시상식을 보다 매수에 들어간 게 2,100원대였는데 무서운 속도로 상을 치며 주가가 쭉쭉 오르는 것 아닌가. 수익 나면 익절한다는 게 나름의 투자 원칙이었으므로 적당한 구간에서 수익실현을 하기로 했다. 하여, 바로 다음 날 1,000주를 2,650원에 모두 던졌다. 24시간도 지나지 않아 500,000원 가까운 수익을 낸 것이다. 봉 감독님 고마워요, 〈기생충〉 감사합니다!

그런데 매도 후에도 오름세가 꺾일 줄 모르고 치솟는 것 아닌가. 매도 후 재매수 같은 고급 스킬은 상상도 못 해본 연차였음에도 이상하게 용기가 났다. 기생충발 국뽕이 치사량이었기 때문. 그럼, 이게 어디 보통 호재인가. 한국 영화 역사상 유례없는 사건이자 국가적 낭보인 것을!

재료는 아직 쌩쌩하다는 굳건한 믿음으로 이번엔 시드를 2배 늘려 뛰어들었다. 그렇게 2,900원대에 총 1,900주를 다시 매수했다. 있는 돈, 없는 돈 긁어다 몰빵하는 호기로움까진 아니었으나 그래도 조막손 일개미에겐 나름의 베팅이었다.

바른손이앤에이는 이후로도 계속 상을 쳤다. 3,000원대가 4,000원대가 되고 곧이어 5,000원대를 돌파했다. 매일 아침 9시엔 빨간 그래프가 불기둥처럼 치솟았고 네이버 종토방엔 거의 종교 수준의 찬양과 합장이 이어졌다. 마치 영원할 것 같았다. 첫 매수 때 가진 돈을 모두 털어 넣지 않은 것이 아쉬워 죽을 정도로, 10년 차 주린이 장부에 찍혀본 적 없던 수익률이 하루가 다르게 갱신됐다.

주식으로 부자 되는 기분이 이런 거려나? 자잘한 스트레스에도 초연해지고, 회사일이 그럴 수도 있지 하는 인지분리가 가능해졌다. 맘에 드는 남자랑 썸탈 때처럼 기분이 붕 뜨고, 아직 통장에 꽂힌 돈도 없는데 뭔가 스스로에게 보상해주고 싶어지는 그런 느낌. 큰 시드는 아니지만 수익률이 300% 가까이 오르니 흥분을 가라앉힐 수 없는 날들의 연속이었다.

2020년 발렌타인데이, 금요일 오후 팀 회의로 여념 없던 그 순간. 그 당시 회의 분위기까지 또렷하게 기억나는 바른손이앤에이 최고점의 그날. 대한민국이 낳은 천재 감독의 빛나는 커리어가 샤넬 클래식 백으로 치환되려던 바로 그 순간이었다. 취향과 문화생활의 일환으로, 좋아하는 감독의 커리어와 그 가치에 투자한 찰나의 판단이 세 자리 수익률로 보답되는 동화 같은 이야기.

아, 물론 이 모든 것은 2월 14일 오후 2시경에 전량매도, 수익실현을 했을 시의 가정입니다만….

곧 10,000원대도 뚫고 날아갈 것 같던 바른손이앤에이는 이후 내리막을 걷기 시작한다. 다시금 64층의 영광에 닿을락 말락 아무리 그래프가 요동쳐도, '60층에 사람 있어요'를 아무리 부르짖어도 구조대는 다시 오지 않았다. 지난 차트를 곱씹으며 이때 팔걸 하고 미련을 떠는 건 다음 주 로또 번호를 미리 알고 찍겠다는 것처럼 부질없는 일이었다.

돌이켜보면 아쉽기 그지없지만, 그래도 〈기생충〉은 샤넬 클래식 백의 핸들 값 정도 수익을 안겨주었다. 64층에서 귀신같이 내렸다면 참 좋았겠지만 40층 정도에서 그나마 눈치게임으로 내린 산물이었다.

봉준호와 〈기생충〉 사건으로 나는 일상 속 취향 테마주의 위력을 깨닫게 된다. 눈치 빠른 초기 진입, 적절한 추매, 아름다운 매도 타이밍에 대한 얼마치의 레슨을 얻은 날이었다.

주식 공부랍시고 잘 알지도 못하는 4차 산업, 태양광, ICT 같은 종목에만 매달려야 하는 것은 아니다. 가치를 알아보는 눈이 있고, 주가 상승의 연결고리를 파악할 아이템만 찾을 수 있다면 재밌게 본 영화 한 편이, 최애 아이돌의 컴백곡이 투자의 단서가 될 수 있다.

좋아하는 것에서부터, 나와 가까운 일상의 것들로부터 주식 쇼핑을 시작해보는 것은 그래서 안전하다. 행여 실패를 하더라도, 적어도 스스로 그 이유를 복기하며 다음 번 투자에 대비할 수 있으니까.

아미는 아니지만
방탄주를 샀습니다

덱스터(206560)

〈기생충〉이 몰고 온 2주간의 롤러코스터로 나는 영락없는 단타 테마주의 노예가 되어버리고 만다. 도박이나 마약을 해본 적은 없지만 아마도 비슷한 느낌 아닐까. 내 주식이 하늘 무서운 줄 모르고 치솟을 때의 희열, 갑자기 떡락을 할 때 심장이 쿵 하고 내려앉는 아찔함.

주가가 치솟을 때의 중독성보다 잃은 돈을 만회해야겠단 갑작스러운 책임감이 솟아오를 때가 어쩌면 가장 위험하다. 도박장 못 끊고 발가락으로 패 잡는 심정이 이런 걸까.

원래 나의 투자 원칙은 안전한 우량주를 적금 들 듯 따박따박 모아 장기적으로 자산을 키운다는 것이었는데 봉준호 사건 이후 어쩔 수 없게 되었다. 이 기세를 타고 물량이 몰리는 테마주에 올라타 당장의 수익실현으로 계좌에 돈이 딱 박히는 그 느낌을, 얼른 다시 느껴보고 싶었다. 내 직감을 믿고 얻은 성과까지 있으니 자신감이 한껏 충전된 상태였다.

예수금도 들어왔겠다, 이제 남은 건 다음 투자처를 찾는 일뿐. 그때 나의 레이더에 걸린 테마주가 있었으니 바로 방탄 관련주였다. 아직 구 빅히트, 현 하이브가 상장하기도 전의 일이다.

어느 날 유독 상을 치던, 이름 낯선 회사가 하나 눈에 띄었다. 방탄주라고 했다. 때는 마침 방탄소년단 정규 4집 앨범 〈Map of the Soul〉이 발매됐을 시기. 그들의 컴백만으로 어마어마한 화력을 모으고 있었다.

범지구적 인기를 구가하고 있는 지구 최강 아이돌의 건실성을 의심할 이유도 없었고, 엔터주란 점도 마음에 들었다. 어렵고 복잡한 기술이나 정책 관련주에 비해 비교적 공부거리가 적을 거란 K-덕질 경력자의 어떤 확신 같은 거랄까.

그래, 이번엔 방탄주다. '아미 손 들어봐' 하는 것보다 아닌 사람 찾는 게 빠른 방탄보유국에서 조금 간 떨리는 고백일 수 있겠으나 사실 저는 아미가 아닙니다…. 주변 아미들이 보내오는 입덕용 링크도 눌러보고, 나이 불문 덕질이 주는 희열이 뭔지 잘 알기에 여러 번 입덕을 시도했으나….

그래도 손흥민, 김연경 선수 응원하듯 그들의 전대미문 커리어에 진심으로 응원을 보내고 있는 국민이고요…. 비록 순도 백 프로의 덕심은 아닐지언정, 그들의 컴백 시국을 맞아 방탄코인에 탑승해보겠다 다짐한 것이다.

문제는 마음이 엄청 급했다는 거다. 한 번 도박판에 앉아본 나의 심장과 뉴런은 찬찬히 의사결정을 내릴 여지를 주지 않았다. 뇌까지 거칠 겨를 없이 손가락이 먼저 주식을 사들이고 있었다. 빨리 방탄주를 주워 담아 이 상승세에 올라타야겠단 다급함에, 당최 이 주식이 왜 방탄주인지 제대로 스터디도 없이 매수 버튼을 눌러버린 것이다.

대표적인 방탄주로 꼽히는 주식은 키이스트, 디피씨, 엘비세미콘, CJ E&M, 초록뱀 등이 있다. 최소한의 양심으로 대체 이 회사들이 BTS와 무슨 연관이 있는지 대충 찾아보긴 했다만 솔직히 잘 모르겠다. 인과관계가 명확한 것도 아니고, 우선순위를 두고 검증을 할 심적 여유도 없었다.

이미 컴백 후 기대감이 주가에 반영된 후라 대장주로 꼽히는 몇몇은 들어가기 겁날 정도로 상을 친 후였다. 더 늦기 전에 이 테마에 올라타야 하니 개중 고점이 덜 온 것 같은 주식을, 말 그대로 뇌동매매 했다.

지금 돌이켜보면 소름 돋을 정도로 무모한 매수였다. 도박을 해도 이렇게는 안 할 것 같다. 화투판에 앉더라도 최소 내 패가 뭔지는 들여다보고 왼쪽 귀를 걸든 할 텐데, 단타 테마주에 눈이 먼 나는 다짜고짜 주식을 사들였다. 회사에 매인 몸으로 유일하게 짬이 나는 찰나의 점심시간에 말이다. 분할매수 같은 기본 상식을 지켰을 리도 만무했다. 그렇게 충동구매를 통해 나는 덱스터(206560)의 주주가 된다.

엔터 테마주를 할 거였으면 고점이라도 대장주를 골랐으면 좋았을 것을, 와중에 쓸데없이 가성비를 따지다가 방탄주 센터도 아닌 완전 사이드 간접주를 선택해버린 후였다. 덱스터는 알고 보니 미디어 영상 뭐시기 회사인데 CJ E&M 제2주주인지 뭔지

간접의 간접 효과로 단타 파도가 너울진, 결론적으로 잡주였다.

테마주 단타의 핵심은 상승세에 올라타 얄밉게 수익만 딱 빼먹고 나오는 것이거늘. 마음만 앞서, 가진 시드로 담을 수 있는 싸고 만만한 주식이 눈에 든 것이다. 방탄 컴백 찬스로 다들 불기둥을 치는 분위기니 뭘 사도 이 호재를 이어가겠다 싶었다.

그런데 내가 덱스터 주식을 담자마자 파죽지세였던 상승세가 꺾이기 시작했다. 신기할 정도였다. 다들 내가 사길 기다렸단 듯 일제히 숨 고르기에 들어가는 게 아닌가.

시세 정도는 체크하고 들어갔기에 지금이 고점이란 건 나도 알고 있었다. 다만 이토록 좋은 호시절이 좀 더 가겠거니 싶은 염원을 담아 소중한 시드를 밀어 넣었던 거다. 힘 받아서 더 쭉쭉 가줘야 수익도 내고 유유히 이 판을 뜨는 건데… 어라, 차트가 좀 이상하다?

자꾸만 그래프가 꺾였다. 시퍼렇게 멍이 든 덱스터 차트를 보며 뭔가 이상하게 흘러가고 있단 걸 직감했다. 다음 날 개장과 함께 내 모든 신경은 덱스터의 운명에 쏠려 있었다. 그도 그럴 것이 혈관을 타고 한탕주의가 흐르고 있던 지라 무려 488주를 한 방에 질렀기 때문이다.

방탄코인 탑승 이틀 차, 이건 아니다 싶었다. 어지간하면 이렇게 빠른 손절로 판을 접는 스타일이 아닌데 덱스터는 느낌이 좀 달랐다. 진짜 제대로 상투 잡혔단 생각이 전두엽을 타고 4번 척추까지 찌릿하게 내리 꽂혔다.

처음이자 마지막으로 근 하루 만에 손절을 치고 나온 눈물의 주식. 그나마 이른 손절이 가능했던 이유는 나 스스로도 인정을 했기 때문이다. 제대로 된 스터디도 전혀 없이, 그저 방탄 컴백 시국에 단타를 쳐보려는 욕심만 그득했단 걸 말이다.

24시간도 안 되는 러닝타임 치고 수업료를 꽤 크게 지불해야 했다. 분할매수 에티켓을 모르던 내가 분할매도를 알 리 없었고, 여길 빨리 떠야 한단 일념으로 역시나 488주를 한 방에 팔아버렸다.

9,000원대 극후반, 거의 10,000원에 매수한 어제만 해도 이거 또 주식으로 대박 나나 싶었는데 오늘은 8,000원대도 뚫을 기세로 급강하 중이다. 극심한 온도 차로 몸살이 날 것만 같았다.

돈이 돈을 버는 투자의 맛이 이런 건가 싶던 소중한 수익금은 덱스터의 변절 앞에 자취를 감췄다. 벌긴 힘든데 날리는 건 너무도 쉬운 1,000,000원 돈이 하루 만에 계좌에서 증발했다. 다시금 복기를 해봐도 역대급 상투였다. 코끝이 시큰거리지만 그나마 이른 손절이 다행일 정도로 들어가선 안 될 타이밍이었다.

흑역사를 곱씹으며 오랜만에 덱스터 차트를 찾아봤다. 빅히트 상장이나 그래미 수상 등 연이은 호재에도 불구하고 내가 들어갔던 고점 부근의 가격은 다시없었다. 하늘도 나의 종잇장 같은 덕심을 알아챈 것인지 방탄주로 재미 좀 보려던 성급한 단타욕을 호되게 벌하셨던 사건이다.

글로벌 탑클래스 아이돌의 위용에 걸맞게 2020년 하반기에도 방탄주는 화제의 중심에 있었다. 빅히트가 기업공개를 하며 공모주 청약에 나섰고, 자릿수도 헷갈릴 58조란 거액이 증거금으로 몰렸다. 동학개미의 마르지 않는 실탄을 받고 백만 아미의 덕심까지 더해져 가능한 일이었다. 평생 주식 근처에도 가본 적 없던 이들까지 계좌를 트고 빅히트의 주주가 되고자 했던 날들이다.

그러나 상장 직후 따상을 찍고선 바로 22% 수직 낙하, '빅히트 주식 환불되나요?'가 일종의 밈처럼 나돌았다. 상장만 하면, 주식만 사면, 방탄이 잘나가니까·무조건 벌 것만 같던 집단 최면과 주식 광풍이 빚어낸 상징적 사건이다.

그럼 좀 어떠하리. 최소한의 공부도 덕심도 없이 방탄주에 가진 시드를 밀어 넣은 나도, 방탄이들을 사랑하는 마음 고이 담아 소속사 주식까지 쓸어 담은 아미들도 모두 무죄다.

무엇이 성급했는지, 어디서 낙관했으며 어디서 방심했는지 되짚어보고 비슷한 실수를 반복하지 않는 것. 그 뼈저린 복기가 교훈을 남길 테니까.

장투의 힘

쇼핑왕은 어쩌다
주식까지 쇼핑하게 되었나

온갖 종류의 'X린이'가 넘쳐나는 시대를 살고 있다. 주식 초짜 주린이, 부동산에 갓 눈뜬 부린이와 코인 천재를 꿈꾸는 코린이…. 재능 있는 소수 전문가들의 필드로 성역화되었던 돈과 숫자의 세계가 잠금해제된 느낌마저 든다.

코로나가 엎친 세상에 현금 유동성까지 덮쳐 일순간 벼락부자와 벼락거지가 된 이들이 공존하는 시대를 살아가고 있어서일까? 시대를 관통하는 재테크 'X린이'란 키워드 안엔 경험과 판단력 부족, 영끌 해도 모자란 시드와 앞서가는 의욕 대비, 그렇지 못한 현실들이 한데 뒤엉켜 있다.

나는 10년 차 주린이다. 초딩 주식 유튜버가 '구독, 좋아요 눌러주세요'를 외치는, 일 평균 주식 결제대금이 1조 7천억 원에 육박하는 이 시대에 흔치 않은 포지션일지도 모르겠다. 카페 알바를 해도 지점장은 달았을 테고, 기술을 배웠으면 달인 오디션이라도 볼 연차 아니던가. 계좌 트고 주식한 지 10년인데 아직 주린이라니.

하릴 없이 쌓여가는 연차가 무색하게 유약한 마인드와 작고 겸손한 수익률. 구른 세월은 짧지 않으나 이상하게 적립이 쉽지 않은 재테크 커리어의 냉엄한 현실 앞에 나는 오늘도 네이버 증권판과 주식 앱을 전전하고 있다.

처음 주식에 발을 들인 건 사회생활을 갓 시작한 2012년 무렵이었다. 지금도 불완전한 존재지만 그땐 재테크의 'ㅈ'도 쓰다 까먹을 위인이었다. 아직 '욜로'란 개념이 유행하기도 전이었는데, 이미 본능적으로 그런 삶을 영위하고 있던 자본주의 시대의 총아가 바로 나였다.

돈 쓰는 일은 누가 이래라 저래라 가르쳐준 적도 없거늘 그 재능이 대단했다. 돈 그거 없어서 문제지, 있으면 누구나 다 잘 쓰는 거 아니냐 생각한다면 진정으로 쇼핑에 탐닉해본 적 없는 사람이다. 돈을 잘 버는 것만큼이나 적재적소에 잘 지르는 능력 역시 쉽게 얻어지는 것이 아니란 게 오랜 쇼핑 역사에 걸친 나의 결론이다.

여하튼 그 뛰어난 재능을 나는 사회생활 시작과 함께 마음 껏 펼치기 시작했다. 저축은 고사하고 카드 할부는 기본에 리볼 빙 안 쓰면 다행. 청약 통장, 보험 같은 건 나와는 상관없는 저 세 상 옵션이라고 생각했다. 받은 월급은 응당 카드값으로 흘려보 내는 것이 마땅한, 현세적 라이프를 만끽하던 시절이었다.

내 일이 있고 그 일을 통해 경제적 독립을 이뤘다는 사실 자 체로 해방감이 엄청나던 때다. 태생이 하고 싶은 것도, 갖고 싶은 것도 넘쳐나는 나였다. 내 마음 가는 곳에 오로지 나의 판단과 선 택으로 지갑을 여는 일은 무척이나 설레는 일이었다. 게다가 매 달 일정한 돈이 통장으로 딱딱 들어와 박히니 이 어찌 흥분되지 않겠는가.

요즘처럼 모두가 돈과 재테크를 전공 필수처럼 다루던 시절 이 아니었다. 〈섹스 앤 더 시티〉와 할리우드 파파라치 컷을 끼고 자란 20대의 나는 그래서, 힘들게 번 돈을 참 여기저기 재밌게도 쓰고 다녔다.

1,000,000원짜리 코트는 6개월 무이자 할부 앞에 월 166,666원이란 합리적인 숫자로 떨어졌고, 기백만 원씩 하는 가방도 까짓 거 몇 달 근속을 늘리면 그만이었다. 그때 그 시절엔 말이다.

돈 버는 고생스러움과 브레이크 없는 물욕의 호사스러움을 매일매일 반복하던 나날이었다. 할부 몇 가지에 소소하고 빈번한 플렉스가 더해진 달이면, 회사일이 그 얼마나 고되고 치사해도 버텨야 했다. 그래야 썰물처럼 통장을 할퀴고 가는 카드값을 낼 수 있었으니까. 문제의식조차 없이 그렇게, 경제적 독립이 주는 자유로움을 만끽하며 사회초년생 시절을 났다.

간혹 보너스가 들어오거나 목돈이 생기면 당황스러웠다. 단전 저 아래 마지막으로 남아 있는 나의 양심이 '너 정말 그 돈까지 쇼핑할 거니' 하고 말을 거는 것만 같았다. 그래, 저축도 안 하는데 이 돈까지 다 써버리는 건 지성인답지 않지 하며 빈 계좌 아무데나 그 돈을 박아두던, 금융문맹의 시절이었다. 그러던 어느 날, 선배들과의 티타임에서 나의 주식 인생은 우연히 시작된다.

그날의 화두는 아직 알려지지 않았지만 앞으로 상승할, 지금으로 치면 재료 좋은 '저평가 우량주'였다. 기업 정보를 풀어주는 대리님과 외국어처럼 알아듣기도 어려운 용어로 질문을 이어가는 차장님과 조용히 듣고 있다 제일 먼저 사러 갈 것 같던 부장님이 한데 어우러진 광경이었다.

그때만 해도 주식 같은 건 내 인생 옵션이 아니라 생각했다. 저런 건 여유자금이 넉넉한, 이 방면에 박식한 소수만의 플레이그라운드처럼 느껴졌다.

이렇게 주식이니 뭐니, 고급 정보도 나누고 뭔가 진짜 어른의 삶 같군, 하는 정도로 관망 포지션을 잡던 나였는데 주기적으로 그런 이야기가 테이블에 오르니 조금씩 호기심이 생겼다. 어차피 계좌에서 뒹굴 돈, 나도 한번 해볼까 주식?

은행 창구에서 주식을 권유받았거나 친구가 맥주 안주로 투자 썰을 풀었다면 결코 시작하지 않았을 것이다. 선배들 엑셀 한칸, PPT 그림자 효과만큼이라도 닮아볼까 싶어 쫑긋하며 지냈던 때였다.

주식 토크를 나누는 그 모습이 멋있어 보이기도 하고, 팥으로 메주를 쑨다 해도 끄덕끄덕하던 나로선 그 흉내라도 내보고 싶었다. 기깔나게 기획서 쓰는 법, 미안하지만 안 미안하게 통화하는 법, 확신 없는 아이디어도 있어 보이게 살리는 실전 팁들을 배우듯 그렇게 주식 투자의 길에 오르게 된다.

어느 날 점심시간, 근처 대신증권에 들러 번호표를 뽑았다. 계좌를 만들고 CMA 통장이 연계된 카드와 보안카드를 챙겼다. 평생 소비만 할 줄 알았던 맥시멀리스트 쇼핑왕의 장바구니에 '주식'이란 카테고리가 생성되는 순간이었다.

진짜 10년을
묻어두었더니

현대차(005380) | 기아(000270)

계좌 트고 초창기에 구입했던 주식들을 나는 단 하나도 잊지 않고 있다. 그때 샀던 주식 대부분을 여태껏 들고 있기 때문이다. '매수 후 앱을 지우고 10년간 잠을 자라'가 주식 격언처럼 회자되는 오늘의 기준에선 나름 시대를 앞서간 소신 투자라 해석할 수도 있으려나. 실상은 별 스터디 없이 깜깜이 매수를 한 뒤 제대로 물려 영겁의 시간을 보낸, 말 그대로 '강제 존버'의 세월이라 고백해본다.

그 시절 흔히 하던, 백화점이나 편집숍에서 만난 운명의 아이템 데려오듯 주식도 비슷한 패턴으로 쇼핑했던 것이다. 주체적인 계획이나 목표 없이 주위 선배들에게 영감(!)부터 받고 시작한 주식인지라 일단 무턱대고 따라 샀다. 그렇다 해도 꾸준한 시세 체크나 언제쯤 팔아야겠단 기본적인 사후관리는 스스로의 몫인 바. 그 시절의 내겐 없던 역량이었다.

회사일 적응하고 출퇴근을 해내는 자체만으로 벅찬 시절이었다. 나는 운 좋게도 첫 직장에서 장래희망을 이룬 케이스였다. 원하던 광고회사에서 첫 커리어를 시작한 것이다. 화려한 겉면만 보고 꿈꿔온 일은 아니었으므로 나름 비장한 각오를 다지며 성장을 꿈꾸던 때였다.

대학 시절 내내 공모전이며 대외 활동이며, 기획서 만들고 PT 하는 걸 숨 쉬듯 하던 나였지만 실전 필드는 또 전혀 달랐다. 광고기획자는 아이디어나 기획서로만 승부하는 직업이 아니었다. 다양한 컨디션을 가진 클라이언트를 체력과 순발력, 그리고 인내를 가지고 설득하고 대응해야 하는 자리였다. 주어진 과제를 잘 풀어내는 것도 쉬운 일이 아니었고, 좋은 전략을 알아봐주는 클라이언트를 만나는 인복도 중요했다.

공모전은 내가 짠 내 팀 하고만 일하면 그만이었지만, 기획자의 일은 나보다 연차도 포스도 쎈 다양한 직군의 사람들을 아우르며 기한 내에 아웃풋을 만들어내야 하는 일이었다. 이는 곧 불규칙한 스케줄과 스트레스로 가득 찬 일상을 의미하기도 했다.

연차도 경험도 부족했던 때니 의도대로 부드럽게 흘러가는 일이 많지 않아 때때로 좌절에 빠졌다. 창의성과 자율성이 어느 정도 보장된 일을 하고 싶어 이 꿈을 좇았거늘, 어쩐지 일반 사무직보다 뜻대로 할 수 있는 일이 더 없는 것 같기도 했다.

하여, 더더욱 물질적이고 즉각적인 보상에 몰두했는지도 모르겠다. 원하는 대상을 당장 손에 넣고 의도한 기쁨을 누리는 아주 확실한 과정. 기울어가는 워라밸 속에서 누릴 수 있는 가장 확실한 즐거움은 결국 쇼핑밖에 없었다.

그런 내가 주식 계좌 트고 몇 주 주워 담았다고 투자가 자동으로 될 리 없었다. 계속해서 주가 흐름도 보고 수익률을 챙겼어야 했는데 내가 주주란 사실을 아예 까먹기도 일쑤였다. 한참 후에나 어이쿠 하며 열어본 차트에 놀라는 황당한 경험들이 이어졌다. 물론 그중에도 수익 나는 종목들이 있었지만 목표 수익률을 꼼꼼하게 설정해 포트폴리오 관리를 한단 개념 역시 전무했으므로 '어, 올랐네? 기분 좋군' 정도에 지나지 않았다.

그런 무책임한 시간들이 쌓여가다 보니 어느새 난 상투 제대로 잡은 위기의 주린이가 돼 있었다. 의도하지 않은 장기투자가 시작된 것이다. 그게 10년의 세월이 될 줄 그때의 나는 꿈에도 알지 못했다.

1주를 사도 스스로 공부하고 판단해 고른 종목은 단 한 가지도 없던 시절이었다. 요즘 주가가 좀 빠졌으니 투자해도 나쁘지 않을 거란 선배의 말 한마디에 통장에서 노는 여유자금으로 주식을 시작했다. 그중 제일 큰 비중이 바로 현대차(005380), 기아(000270)였다.

나의 첫 주식은 기아차(현재는 '기아')였다. 10년 전 라떼 시절로 돌아가보자면 'K 시리즈'의 성공으로 기아차 주식이 한창 고공행진을 하던 때였다. 당시만 해도 주식은 소수 투자자들의 전유물 같았는데 30,000원대 부근이던 기아 주식이 2배가 넘게 뛰어 주식 가진 사람들이 부자 됐단 이야기를 들을 정도였다.

2011~2012년쯤 60,000~70,000원대를 찍던 기아차 주식이 약간의 숨 고르기에 들어갔을 시점, 주식을 샀다. 50,000원대

후반까지 내려오길래 기회구나 싶어 78주를 주워 담았다. 현대차 주식은 비슷한 시기에 200,000원대가 넘어 꽤 비쌌다. 세트 구매를 하고 싶었지만 무리다 싶어 나름 때를 기다렸다.

해를 거듭할수록 조금씩 주가가 떨어져 15년도 초 160,000원대에 현대차 주식 15주를 매수한다. 한창 주가가 날아가던 시점보단 확실히 하향세에 접어든 때였지만 그때의 내가 알 리 없었다. 그건 시작에 불과했고 앞으로 아주 긴 시간 동안 주가는 내리막을 걸을 거란 사실을 말이다.

끝나지 않을 것 같은 기세로 고공성장 하던 두 회사의 주식이 아래로 쭉쭉 빠지기 시작했다. 나름 세일가에 샀다 생각했는데 그저 장기 하락세의 초입에 들어가 물렸을 뿐이었단 걸 그땐 전혀 눈치 채지 못했다. 물타기를 한다거나 적정선에서 손절하고 다른 주식을 찾아보는 등의 합리적인 사고를 할 만한 능력도 없었다.

아 역시 이래서 어른들이 주식 함부로 하지 말라는 거구나, 나는 재테크에는 영 소질이 없나봐, 차라리 백이나 하나 더 살걸, 하는 혼란한 마음들만 가득했다. 이후 몇 년간 두 자동차 주식은 반토막에 가까울 정도로 엉망진창의 수익률을 냈다.

만약 그 주식들을 빚내서 샀다거나 갑자기 목돈이 필요한 상황에 놓였더라면 이 글을 쓸 수 없었을지도 모른다. 시드를 합치면 7,000,000원 가까운 큰돈이긴 했으나 그나마 여유자금 안에서 한번 해본 주식이었고 성격상 이걸 손해 보면서까지 정리하고 싶지 않았다. 언젠간 오를 거야, 같은 희망도 아니었다.

나중에 자식 생기면 물려주지 뭐, 허허 거리며 망한 투자 썰, 신세한탄 안주거리 정도로 여기며 없는 셈 쳤다. 그렇게 초등학교 시절 타임머신 묻듯 현기차 주식들을 계좌에 묻어뒀다. 그리고 2020년, 전 세계에 유례없는 코로나 팬데믹이 들이닥친다.

형편없던 수익률은 더 바닥을 쳤다. 코로나 쇼크로 최저점을 찍었던 작년 3월을 기점으로 기아차 주식은 21,000원, 현대차 주식은 65,000원대까지 내려갔다. -60%. 상장폐지를 걱정할 회사들은 아니었지만 그래도 어마어마한 마이너스였다.

주식 계좌 열면 헛웃음이 날 정도로 수익률이 곤두박질친 2020년에도 난 이 주식들을 팔지 않았다. 거듭 말하지만 어떤 신념이나 투자 원칙 같은 것도 아니었고, 그냥 누가 끝까지 버티나 보자 싶은 자포자기의 마음에 가까웠다.

코로나가 터지기 2개월 전, 근 10년을 쉬었던 주식을 공교롭게도 다시 시작했다. 이땐 다른 주식들도 새로 담기 시작했고 수익을 내기도 하며 나름 개미 인생 시즌2를 열 때였으니 예수금도 늘릴 겸 털어버릴 만도 했는데 그냥 견뎠다. 그러고는 코로나와 함께 맞은 지난 가을… 어, 이 주식들이 좀 이상하다. 자꾸 오르네 이거?

이 페이지에 굳이 차트까지 소환하고 싶진 않지만 현기차 주식만큼은 지난 10년간의 차트를 붙여넣고 싶은 심정이다. 떨어지는 칼날을 그것도 꼭대기에서 잡아 강산도 바뀐 영겁의 시간을 함께한, 그 존버의 세월을 말이다.

길거리에 현기차가 이렇게나 많은데 주식이 왜 이토록 엉망진창인지 이유도 모르고 10년을 버텼듯, 왜 갑자기 오르는지 그 이유도 정확히 알 수 없다. 전기차 시대에 대한 기대감과 경영 승계 이슈, 대한민국 코스피 시장의 활황 등 여러 호재를 타고 현대기아차 주식은 10년 만에 비로소 익절 구간을 넘어 효심 깊은 우량주 섹터의 한 축을 담당하게 된다.

나중에 자식 물려줄 거야 하던 아픈 손가락이, 더 큰돈 아니었으니 망정이지 멘탈을 바스러트리고도 남았을 나의 주식 흑역사의 두 주인공이 나란히 효자 종목이 된 것이다.

규칙 1: 절대로 돈을 잃지 않는다.
규칙 2: 절대로 첫 번째 규칙을 잊지 않는다.
— 워렌 버핏

운이 좋았다면 좋았을 것이다. 하지만 그 운이 배달되기까지 버틴 인고와 존버의 시간을 이야기하고 싶다. 피도 눈물도 없는 손절라인 설정이 기본인 주식판에 이상한 오기로 긴 시간 인내했던 스스로가 대견해지는 시점이다. 많은 이들의 주식 멘토 존리 아저씨의 소신처럼 기업의 가치를 장기 플랜으로 함께하려는 신념 따위 실은 전혀 없었지만, 결과적으로 버핏식 투자법의 승리 아닌가도 싶다.

손해 보고 싶지 않았다. 힘들게 번 돈, 더 잘 불려보려고 시작한 주식인데 찰나의 오판으로 마이너스를 보고 싶진 않았다. 반토막도 더 났을 땐 이게 무슨 게임머니도 아니고 이렇게도 증발하는구나 싶어 허망할 정도였지만 그래도 팔지 않았다. 이기는 투자, 돈을 잃지 않는 투자를 하고 싶었다.

돈을 잃고 싶어 재테크를, 게다가 주식을 시작하는 사람은 어디에도 없을 것이다. 허나 그 과정 속에 견뎌야 할 잦은 불운과 심리적 챌린지는 어쩌면 필연적이다. 모든 주식이 매수 후 상한가 꽃길만을 걷진 않는다. 점진적으로 힘을 받아 오르는 그래프가 있듯 저 바닥 멘틀까지 뚫을 기세로 한없이 꺾여 들어갈 수도 있는 것이 주식의 세계다.

누구에게나 첫 주식이 있다. 끓어오르는 의욕과 수익률에 대한 열망은 크지만 제한된 정보와 경험 미숙으로 첫 주식의 행방은 모두 제각각이다. 초심자의 행운으로 크게 먹을 수도 있지만 나처럼 시작부터 영겁의 세월이 물리는 불운과 함께할 수도 있다. 다행스럽게도 그게 지금은 누구나 갖고 싶어 하는 현대기아차 주식이어서 그렇지, 비슷한 시기에 사서 아직도 물려 있는 주식들도 꽤 된다.

어떤 주식 1주를 매수한다는 것은 앞으로 닥칠 오름세 혹은 내리막길의 모든 운명을 함께하겠다는, 비장한 각오를 함께 사는 것일지도 모른다. 각자의 운발과 앞으로의 실력 향상은 그 누구도 장담할 수 없다. 하지만 개중 통하는 진리는 있다고 믿는다.

존버는 어느 정도의 타선에서 분명히 승리한다. 자기 그릇에 맞는 투자 범위 안에서 적당한 무관심과 인내심, 체력과 맷집이 함께한다면 분명, 존버는 승리한다. 물론 그게 한 달이 될지, 1년이 될지 혹은 10년이 걸릴지 누구도 장담할 수 없겠지만 말이다.

코로나와
국민주식

삼성전자(005930)

2020년 삼성전자의 최고 히트 아이템은 비스포크 4도어도, 세리프 TV도 아니다. 공전의 히트를 친 대국민 잇템은 이른바 '삼성 적금'이 아닐까. 동학개미의 믿고 사는 안전템, 영원한 클래식 우량주, 바로 삼성전자(005930) 말이다.

나도 주식이나 한번 해볼까 싶어 덜컥 시작했다가 끝도 없이 마이너스를 찍고선 '역시 난 주식 재질이 아니야'로 결론 내린 지 꼬박 10년이었다. 강산도 바뀐다는 그 클리셰의 세월 동안 나는 어느덧 30대가 되었다.

늘어가는 경력만큼 좀 더 기능적이고 매끄러운 사회인이 되었지만 돈 쓰는 바이브는 여전했다. 1년에도 몇 번씩 훌쩍훌쩍 해외여행을 떠났고, 현지에서도 국경 없는 쇼핑에 매진했다. 지금 이게 내 삶에 왜 필요한지 합리화하는 천부적인 능력을 시시각각으로 발휘하며 낯선 브랜드들을 신나게 탐험했다. 얼마간의 단기 적금이나 연말정산을 위한 최소한의 장치들은 있었지만 재테크의 영역은 여전히 텅텅 비어 있었다.

그렇게 맞은 2020년 새해, 불현듯 주식 생각이 난 건 역시나 삼성전자 때문이다. 만기된 조그마한 적금과 얼마간의 연말 성과급이 더해지니 나름 목돈이 생겼다. 사실 그럴 때마다 CMA 계좌에 뭉텅이로 넣어놓고 조만간 다가올 지름신을 영접하는 용도나 여행 자금으로 써버리는 패턴으로 살아왔다.

이번에는 이 돈을 좀 다르게 굴려보고 싶었다. 나라가 망해도 살아남을 거라는 삼성전자 아닌가. 내 머리로 백날 고민해서 아등바등 재테크하는 것보다 똘똘한 사람들이 성실히 일하는 삼성전자의 미래가 훨씬 밝을 거란 확신과 함께, 주식을 다시 시작해야겠단 결심이 섰다. 그렇게 나는 돌아온 냉동인간처럼 10년 만에 주식판에 다시 등판하게 된다.

　세 번의 비밀번호 오류를 뚫고 증권 앱을 켰다. 10년 전에 물린 주식들은 여전히 팔다리가 뜯긴 채 좀비처럼 잠들어 있었다. 나름 개미 라이프 시즌2를 여는 웅장한 기분마저 들었다.

　10년간 주식 공부를 했다거나 연봉이 훌쩍 뛰어 시드가 늘어난 사사로운 호재는 없었다만, 뭐 다 의지가 중요한 거 아니겠어. 더 잘 쓰고 더 잘살기 위한 수단으로 주식 너를 택한다는 당찬 의지로 삼성전자 주식을 찾아봤다.

　2020년 초 당시 주가는 57,000원대. 연말부터 차차 우량주 적금 매수법이 돌아서 그런지 약간은 오름세 같기도 했다. 10년 만에 컴백한 마당에 적정 매수가 설정이나 분할매수 그런 걸 알리 없었고, 일단은 얼른 사야겠단 마음이었다.

　삼성전자 주식 100주를 그렇게 매수했다. 겨울맞이 퍼코트를 일시불로 지르듯 한 방에 말이다. 은행에 적금들 듯 매달 정기적으로 안전한 우량주를 사 모으란 조언을 어디서 주워듣긴 했다만, 갖고 있던 시드를 한 날 한 시에 그렇게 과감히 밀어 넣었다.

그리고 불과 몇 주 뒤, 중국 우한에서 괴상한 바이러스가 창궐했단 뉴스가 오르내리기 시작했다. 뒤늦게 넷플릭스 뒷북을 쾅쾅 치며 한창 〈킹덤〉에 빠져 있던 때였다. 드라마와 일상에 혼돈이 올 정도의 소름 돋는 싱크로 국내에도 감염자가 속출했다. 기이하고 공포스러운 집단 감염 뉴스가 매일 언론을 뒤덮었고 미세먼지, 황사 때도 안 쓰던 마스크를 챙기기 시작했다. 좀비 때창궐한 조선과 오늘의 서울이 도무지 분간 가지 않는, 난생 처음 겪는 팬데믹의 서막이었다.

'이래서 엄마가 주식 같은 거 하지 말랬어'의 참담한 일상이 이어졌다. 왜 하필 지금인 거야? 피땀 흘려 번 돈, 좀 똘똘하게 굴려보겠다고 10년 만에 다시 주식을 시작했더니 코로나가 터진 것이다. 한 푼 두 푼 모으자면 한없이 큰돈인데 그걸 주식에 몽땅 털어넣고 굳이 손해를 보고 있으니 황당하기 이를 데 없었다.

그 돈으로 그냥 위시리스트나 털걸. 그럼 한 번이라도 더 쓰고 걸치는 거니 그게 차라리 이득이거늘. 사람이 안 하던 짓 하면 탈이 난다니까. 귀신같은 주식판 컴백 타이밍으로 계좌는 시퍼렇게 피멍이 들었다.

'내가 다시 주식을 하면 인간도 아니다'를 되뇌며 감염의 공포 속에 회사를 오갔고 당연했던 일상을 하나둘 빼앗겼다. 안 그래도 10년간 물려 있던 보유 주식들로 수익률이 엉망이었는데 믿었던 삼성 적금까지 '4만 전자'를 치니 장부가 처참한 수준이었다.

반토막을 넘어 어디 도둑이라도 든 것 같은 계좌 성적표에 장부 체크가 두려울 정도였다. 팬데믹 공포에 코스피는 끝내 1,400선까지 붕괴됐고, 되려 지금 주식을 사야 한단 역설적인 이야기가 돌기 시작했다.

지금 돌이켜보면 10년에 한 번 올까 말까 한 기회였다. 그렇지만 6,000,000원을 통째로 들이붓고 하염없이 마이너스를 찍고 있던 나에겐 도무지 공감 포인트가 없었다.

할 수만 있다면 한 달 전으로 돌아가 그냥 그 돈 다 쇼핑해버렸으면 싶었다. 박박 긁어 넣은 시드는 그게 다였고 물타기의 매직이나 공포에 사라, 이런 명제들을 몸소 실천하기엔 몰라도 너무 모르는 연차였다.

전 세계가 전에 없던 공포에 사로잡혀 있던 때였다. 국경 봉쇄를 논하고 있는 시점에 빚을 끌어다 물타기를 하는 호기로움은,

당시의 내겐 없었다. 이놈의 감염병에 끝이 있을지 없을지, 3만 전자가 될지 2만 전자가 될지 아무도 모르는 거니까.

팬데믹 발발 후 불어닥친 대한민국 주식 열풍은 우리 삶을 무섭게 장악했다. 그 어떤 코스피 차트를 열어봐도 2020년 3월 최저점을 찍고 무서운 속도로 반등하는 그래프를 보인다. 심지어 코로나 이전과 대비해 2~3배가 넘는 볼륨으로 시총이 불어난 기업들도 어렵지 않게 찾아볼 수 있다. 코로나가 만든 주식시장일지, 유동성 난국을 헤쳐 나가는 매우 한국적인 방법론일지 그 전후 관계는 잘 모르겠다.

한 가지 확실한 건 코시국을 기점으로 주식 동지 찾는 것이 전혀 어려울 것 없는 개미 월드를 살게 됐단 점이다. 애석하게도 컴백 시점을 다소 급하게 잡아 10년 만의 복귀 직후 쓴잔을 들이켜야 했지만 나 역시 개미 라이프 시즌2를 계속 이어가는 중이다. 제대로 낚였다고 생각했던 삼성전자 주식은 올해 초 9만 전자까지 찍으며 동학개미운동을 대표하는 상징과도 같은 존재가 되었다.

바닥을 친 주가가 회복되는 데는 한참이 걸렸다. 꽤 오랜 시간 동안 마이너스 잔고를 지켜봐야 했지만 이상하게 끊을 수 없었다. 어쩌면 직감을 했는지도 모른다. 마스크와 역병의 시대 이후 우리 삶이 아주 다른 모습으로 흘러갈 거란 막연하지만 분명한 느낌. 평범한 일상이 완전히 뒤바뀐 것처럼 돈에 대한 나의 생각과 태도 역시 이전과는 달라질 거라는 그런 예감을 말이다.

주식 쇼핑

당근마켓으로
시드머니 만들기

지엔코(065060)

내 평생의 즐거움은 몸에 걸칠 옷과 신발, 주얼리를 쇼핑하는 데 있었다. 말초신경을 한껏 자극하는 시즌 뉴 아이템을 발굴하고 마침내 손에 쥔 뒤 한껏 멋을 내며 사는 일.

끌리는 아이템을 마구잡이로 사던 단계를 지나 점점 내게 어울리는 스타일을 깨달아가는 과정도 즐겁고, 심지어 실패를 해도 재밌었다. 타고난 몸과 얼굴은 한 버전인데 무얼 어떻게 조합하느냐에 따라 스타일은 무한하니 질릴 리가 있을까.

옷 입는 즐거움은 생의 동력을 마련하는 데도 큰 역할을 했다. 갖고 싶은 브랜드의 옷을 입으려면 돈이 필요했고, 이는 경제

활동에 수반되는 스트레스와 고통을 어느 정도 경감시켜주는 효과마저 있었다.

아우터는 3개월, 니트는 2개월, 백은 최소 6개월… 카드 명세서에 찍힌 그간의 쇼핑 족적들은 나의 근속을 자동 연장시켜주었다. 내 손으로 사직서 낼 일은 적어도 향후 몇 개월은 있을 수 없다, 라는 강제 고용안정 효과라고 할까.

피땀 흘려 번 돈과 맞바꾼 아이템들이 하나둘 옷장에 쌓이기 시작했다. 물건에 대한 애착을 뛰어넘어 쓸데없는 몰입과 공감이 뛰어났던 나는 그들과 심적 교감을 하기에 이른다. 모든 옷들엔 그 시절의 나와 그 시절의 에피소드가 묻어 있었다. 이를 내다 버리는 행위는 스물셋의 철없는 싱그러움을, 취업 후 봄 쇼핑에 나선 압구정의 나를, 가을 뉴욕 휴가에서 빛나던 그 순간을 의류수거함에 처박아버리는 것과 진배없었다.

쌓여가는 옷들을 차곡차곡 정리하거나 주기적으로 비워내는 일을 잘할 리도 만무했다. 애초에 물욕과 소유욕이 없는 인간이었으면 쇼핑 중독에 빠지지도 않았겠지. 새 옷은 택도 안 뗀 채 걸어만 놔도 배가 불렀고, 1년에 한두 번 입을 기상천외한 아이템이나 특정 행사만을 위한 일회성 피스들도 거침없이 사들였다. 옷을 소장하는 즐거움. 옷장을 나만의 빈티지숍처럼 차곡차곡 채워가는 그 과정이 전부 즐겁기만 했던 시절이다.

맥시멀의 정점에서야 미니멀리즘에 빠져든다고 했던가. 이젠 하다하다 옷을 넘어 인테리어까지 욕심내기 시작하자 그런 깨달음이 왔다. 인테리어의 첫걸음은 청소와 비움이라는 것을.

새 가구를 사려면 공간 마련을 위한 정리가 필요하고, 새 침구가 돋보이려면 주변 잡동사니를 비워야 했다. 짐의 8할이 옷이었기 때문에 결국 옷을 정리하고 처분해야 한다는 결론에 이르게 되었다. 망한 빈티지숍 저리 가라 할 만큼 밀도 높은 행거는 폭발 직전이었다. 한 옷걸이에 옷을 2~3개씩 걸어놓는 건 기본, 필요한 옷을 찾지 못해 비슷한 옷을 또 사는 경우도 빈번했다.

그러던 어느 날, 친구들과 수다를 떨다 신기한 앱에 관한 이야기를 전해 듣는다. 방구석에 뒹굴던 러브캣 지갑을 내놨더니 글쎄 그걸 누가 20,000원에 사가더라는 거다. 그걸 돈 주고 사가는 사람이 있어? 호기심에 곧바로 앱을 다운받았다. '당근마켓'이었다.

지금이야 광고며 뉴스며 하나의 사회현상처럼 자리 잡은 플랫폼이지만 그때만 해도 생소했다. 동네 위치 기반으로 육아용품 사고파는 앱 정도로 생각했는데, 골칫덩이 애물단지들을 심지어 돈 받고 팔았다는 친구의 말에 나도 몇 가지 물건들을 올려봤다. 딱 두 번 들고 5년째 방치 중인 뱀피 클러치, 장식용으로 전락한 핑크 캐리어, 충동구매 했다 한 번도 입지 않은 럭키슈에뜨 블라우스 등등.

진짜로 사겠다는 사람들이 나타났다. 약속을 잡고 동네로 찾아와 나의 애물단지를 수거해가는데, 돈을 주고 심지어 마음에 쏙 든다며 행복한 표정으로 돌아가는 것이 아닌가.

생애 첫 장사치의 경험이었다. 물건 파는 재미가 이런 건가. 이내 당근마켓에 중독됐고 매대에 올릴 물건들을 뒤지기 시작했다. 때론 헷갈렸다. 옷장을 비우기 위해선지 거래 성사의 희열을 계속 느끼고 싶어선지. 이전에는 계절마다 입을 옷을 찾기 위해 옷장 정리를 했다면 이젠 '당근에 내다 팔 거 어디 없나'를 초점으로 옷장을 뒤집었다.

신기하게 이쯤 되면 진짜 다 비워냈다 싶어도 몇 개월만 지나면 또 안 입고 안 쓰는 물건들이 등장했다. 그걸 1년 넘게 반복했다. 제값 생각하면 아깝고 눈물 나서 못할 짓이었다. 비상식적으로 판매가를 후려치는 사람도, 갤러리아 EAST에서 쇼핑하듯 까탈을 부리는 사람들도 있었지만, 빛도 못 보고 처박혀 있던 아이들이 새 주인 만나 쓰임을 다할 생각에 그만둘 수 없었다. 진정 옷을 아끼고 사랑하는 입장에서 한 번이라도 더 입혀지고 쓰이는 모습을 보는 것이 좋았다고 하면 너무 가식적이려나….

어차피 내 손으론 절대 내다 버리지 못할 아이들이다. 아직 이렇게나 멀쩡한데, 얘를 구하느라 내가 얼마나 고생을 했는데, 몇 년 뒤엔 또 유행이 돌아올 게 분명한데…! 리사이클 개념으로도 의미 있었지만 무엇보다 그 과정 속에서 나의 지난 소비생활을 반추하게 되었다. 옷을 중고거래 하는 일이 생각보다 쉽지 않았기 때문이다. (실제로 가전·가구보다 의류 판매가 가장 고난이도다. 사이즈 제한 있지, 브랜드 취향 타지, 유행 빠르지. 그 어려운 걸 제가 1년 넘게 해냈단 말입니다!)

당근마켓 판매지수가 올라가고 배지가 늘어날수록 더 이상 무분별한 쇼핑을 하지 않게 되었다. 신용카드 발사의 기준이 '내 심장을 얼마나 뛰게 하는가'가 아닌 '옷장에 들일 가치가 충분한

가'로 바뀐 것이다. 이 니트 한 벌 걸려면 또 얼마의 공간이 필요할지, 몇 번 입고 손 안 가면 당근행인데 그 귀찮음을 뛰어넘을 만큼 갖고 싶은지를 필터로 넣으니 의외로 살 물건이 몇 없었다.

습관적인 인터넷 쇼핑이나 호기심에 한번 질러보는 충동구매가 줄어들었다. 점점 판매 스킬도 올라가 상품 사진과 설명의 디테일, 진상 고객을 사전에 거르는 센스를 장착, 심지어 3번씩 재구매하는 단골 고객도 생겼다. 그렇게 당근마켓 거상이 된 나는 2,000,000원이 넘는 매출을 올렸다. 앱을 깐 지 1년도 안 되는 시점이었다.

중고거래 수익금은 왠지 따로 모아두고 싶었다. 때론 너무 푼돈이라 커피 몇 잔에 날아가기 십상이고, 카드값에 쓸려나가도 모를 잔잔한 금액들이 대부분이었다. 당근 거상으로 거듭나며 뼈저리게 느꼈던, 과거의 무분별한 소비생활을 참회하는 의미도 담겨 있었다.

화려했던 쇼핑왕의 과거를 청산하며 허리 아작 나도록 정리하고 사진 찍어 올린 그 시간들을, 때론 진상 고객 응대로 쪽쪽 빨린 에너지와 그 모든 노력의 결실들을 기리고 싶었다. 그런 돈을 허투루 쓰고 싶지 않았다.

물론 중간중간 급한 카드값 땜빵이나 사고 싶은 아이템 총알 장전에 활용하기도 했지만 그 역시 장부에 기입했다. 직거래 베이스라 현금 거래가 많았던 까닭에, 벌어들인 돈은 봉투에 고이고이 넣어두고 겉면엔 장부를 써 붙였다.

유행 지난 톰포드 선글라스 40,000원, 한때 사랑했지만 더는 못 신을 것 같은 골든구스 메이 80,000원, 출장용으로 샀다 다용도 선반으로 전락한 아메리칸 투어리스트 25인치 캐리어 30,000원, 빈스 세일에 지른 어울리지도 않는 차이나 카라 셔츠 20,000원….

나의 지난 옷장 기록을 회고하는 동시에 현금이 쌓여가는 재미도 쏠쏠했다. 처음엔 1,000,000원만 딱 모아서 그 돈으로 새 지갑을 사려고 했는데(역시 비움의 목표는 또 다른 채움 아니겠는가!) 이상하게 목표 금액에 다다르니 그 돈을 쓰기 너무 아까운 거다.

지난날의 개고생이 딸랑 지갑 하나로 치환되는 게 좀 억울해서 목표를 상향했다. 좀 더 모아서 더 큰 걸 지르자. 있는 세간을 다 팔아치울 기세로 2,000,000원이 넘는 돈을 모았다. 어디

일당으로 번 돈도 아니고, 카드값으로 이미 쓴 돈의 일부를 회수했을 뿐인데 이상하게 정이 가는 그 돈을 역시나 다른 사치에 쓸 수 없었다. 그리하여 그맘때쯤 미쳐 있던 또 다른 쇼핑템, 즉 주식에 몰빵하기로 한다.

손때 묻은 현금을 봉투에 담아 공인인증서도 모르는 할머니처럼 서랍 구석에 고이 묻어뒀던 나다. 그 뭉칫돈을 주식 계좌에 입금했다. 당근 거상으로 급성장한 1년 동안 돈에 대한 나의 생각도 많이 바뀌었다. 돈을 못 버는 것보다 돈을 놀게 하는 것이 더 죄악처럼 느껴지는 2020년이었다.

그간 번 돈이 어디에 쓰였는지는 앞서 충분히 설명했으니 시드가 넉넉지 않던 상황은 덧붙이지 않겠다. 사고 싶은 주식은 늘어나는데 굴릴 돈은 없고, 빚까지 끌었다간 삶이 파탄날 것 같던 그때, 서랍 한 켠에 곱게 잠들어 있는 나의 소중한 당근 전리품이 불현듯 떠오른 것. 다음 날 ATM을 거친 캐롯 시드는 지엔코(065060) 주식이 된다.

옷 먼지 속에서 건져 올린 시드머니여서일까, 복기하자니 지난날의 쇼핑 패턴을 소름 끼치게 닮아 있어 간담이 서늘하다. 작정하고 주식판에 뛰어든 지 두 달째. 목표 매수가 설정이나 분할 매수 따위 안중에도 없는 일시불 구매는 기본에다 소유욕만 앞선 뇌동매매에 맛 들린, 약도 없는 위험한 주린이가 바로 나였다.

쇼핑 습관은 많이 고치고 미니멀해졌다지만 주식 앞에선 몹쓸 옛 습관을 고스란히 답습하고 있었다. 생각지도 못한 곳에서 시드를 얻었다는 뿌듯함에 기분이 들떴고, 블라우스 한 벌로 기분 전환하듯 그날 점심시간에 별 고민 없이 에이즈 백신 관련주라는 지엔코 주식 1,000주를 1,700원대에 한 방에 질렀다.

막 발발한 코로나가 주식 시장에도 연일 영향력을 끼치던 때였다. 별안간 에이즈 백신이 '우한 폐렴'(당시 버전이다) 감염자에 효과가 있다느니 하며 갑자기 에이즈 백신 관련 주가가 치솟았다. 공교롭게도 그때 막 당근 시드를 계좌에 넣었고 큰 고민 없이 에이즈 관련주 쇼핑을 한 것이다. 지금 같으면 상상도 못할 파행적 쇼핑이었다. 앞뒤 안 재고 쇼핑하듯 주식을 질러버린 대가로 막대한 수업료를 치러야 했다.

손절도 포기하고 그냥 내버려뒀는데 1,700원대에 매수했던 주가가 지금은 920원대를 찍고 있다. -45%. 수중에 들어온 모든 돈이 소중하다만 1년 넘게 옷 먼지 먹어가며, 약속 파토당해가며 인내 끝에 얻은 당근마켓 시드머니의 결론이 반토막 새드 엔딩이라니.

미니멀리즘을 연습하며 비우는 삶을 실천하고, 그 상징과도 같은 당근 시드로 수익을 내는 교훈적인 대서사를 상상했지만 주식 쇼핑장에선 여전히 대책 없고 감정적인 초짜였다. 마치 10년 전으로 되돌아간 것만 같았다. 물욕이 판단력을 앞서고 세일까지 기다렸다간 못 살 것 같은 조바심에 카드를 발사하고야 마는, 그 시절 나의 초상을 다시 만나는 순간이었다.

막판 떡락의 신파로 글의 본질을 흐려서는 안 되겠다. 빚투가 흔해져버린 세상, 부족한 시드를 마련하고자 은행 빚을 내기 전에 집 안을 한번 둘러보자. 과거 카드빚으로 마련한 잠재적 시드머니가, 먼지 뽀얗게 쌓인 채 당신을 바라보고 있을지 모른다. 시드머니는 이토록 다양한 곳에서 마련될 수 있다. 물론 그 진심 어린 서사와 투자의 결과는 무관할 수 있겠지만 말이다.

쇼핑 메이트들의
커뮤니티, 네이버 종토방

KB금융(105560)

여자들에게 '쇼핑 친구'란 의미가 남다르다. 그러니까 절친이라고 해서 쇼핑 메이트(쇼메)가 보장되는 건 아니지만, 친분이 얕은 누군가와 쇼핑을 간다는 건 상상조차 어렵다. 어느 정도 신뢰 있는 관계를 베이스로 하되, 물욕 코드와 취향이 착 하고 맞아떨어지는 궁합이 필요하다.

무조건 예쁘다고 박수 쳐주는 방청객형 쇼메는 위험하다. 영혼 없는 리액션은 불타던 쇼핑욕에 찬물을 끼얹는다. 그 정돈 아닌데 상대가 다 괜찮다고만 하면 그렇지 않은 이유를 스스로 찾기 시작해버려 김이 샌다. 객관적이고 냉철한 스탠스를 유지

하되 논리적 명분 한 숟갈을 딱 얹어주는 그 감도가 필요한 것.

이 결정이 백 번 맞다는, 저 아이는 니 아이가 맞다는 믿음직한 타인의 지지와 응원이 있을 때 카드 발사는 거침없는 동력을 얻는다. 나의 스타일과 그간의 쇼핑 역사를 빠삭하게 꿰고 있어 시의적절한 코멘트를 날려주는 센스까지 있다면 더 바랄 게 없다.

그렇다고 죄다 별로라며 강짜를 놓는 스타일도 곤란하다. 그럴 거면 엄마랑 다니고 냉면이라도 한 그릇 얻어먹지. 이건 너무 유행템이라 별로고, 저건 네 키에 애매한 기장이고, 블라블라 어깃장만 늘어놓는 쇼메와의 시간은 영 흥이 안 난다.

스타일이 너무 천양지차여도 어렵다. 런웨이와 시차 없이 쇼핑을 즐기는 압구정 럭스걸과 마이너 감성 못 잃는 연남동 빈티지걸은 제 아무리 짝짝꿍이 잘 맞아도 서로의 쇼핑을 교감하기 어렵다. …이렇게 기준이 까다로워서야!

하여, 쇼핑은 혼자 가거나 0.0001%의 정예부대 쇼메와 날을 잡고 함께 돈다. 그걸 또 사느냐는 면박, 이건 너한테 딱이라는 인정과 지지의 콜라보와 함께.

쇼핑한 아이템은 구입 즉시 인증과 후기, 합리화의 연쇄과정이 필수 코스다. 이 아이를 손에 넣기까지 얼마나 구구절절한 의사결정 과정을 거쳤는지, 허벅지를 찌르며 참았으나 결국 내 품에 안길 운명을 거스를 수 없었노라는 그 생생한 비하인드 말이다.

심지어 내 쇼핑뿐 아니라 남이 지른 썰도 그렇게 재밌다. 글치 글치, 완전 잘 샀네, 이걸 어떻게 안 사고 배겨, 하는 적당한 호들갑과 이 아이가 왜 네게 찰떡인지 앉은 자리에서 척척석사 수준으로 읊어줄 수 있다. 내가 가진 조용하지만 강력한 재능 중 하나인 것. 어떤 마음으로 쇼핑을 했고(철들수록 큰돈 쓰는 게 후달리긴 하거든), 이 물건이 왜 갖고 싶고(친구 옷걸이 개수까지 다 꿰고 있으니까), 얼마나 어울리는지는 갖은 미사여구와 찰진 비유로 3시간쯤 읊어줄 수 있는 게 나니까.

무엇을 얼마에 샀느냐보다 Why&How, 즉 어떤 과정을 거쳐 왜 샀느냐에 의미부여를 잘하는 나지만 주식 쇼핑은 뭔가 좀 이상했다. 치열한 의사결정을 거쳐 주식을 골라 사고, 매수 후 이익을 내거나 망하는 일련의 과정들은 분명 쇼핑과 똑 닮았는데 어딘가 모르게 폐쇄적이고 개인적이지 않은가.

주식 스터디로 모이지 않고서야 아무리 친분이 있어도 오늘 주식 뭐 샀는지, 뭐가 위시리스트인지, 내 계좌 상태가 어떤지를 스스럼없이 공유하기란 어딘가 어색하다. 그것도 정보라서? 소비가 아닌 투자의 영역이라서?

주식 무대 복귀 초반엔 어딘가 쓸쓸함마저 느껴졌다. 수익을 냈으면 운 좋게 세일템 건진 것처럼 자랑도 하고 싶고, 심하게 물리면 누가 같이 시원하게 욕이라도 해줬음 싶은데 말이다.

주식 쇼핑은 아주 고독하고 은밀한 솔플(솔로 플레이)의 세계였다. 외로움을 느껴서는 안 될 곳에서 쓸데없이 적적함을 느끼던 그때, 이곳에도 쇼메가 존재할지 모른다는 얕은 희망의 빛을 발견하게 된다.

처음 발견한 놀이터는 '네이버 종토방'이었다. 종목토론방. 꽤나 건설적이고 희망적인 방제와는 전혀 딴판인, 거친 야생의 개미 정글이 바로 그곳이었다. 처음엔 그 옆의 시세나 매매동향 탭처럼 정확한 정보를 다루는 어른스러운 토론 게시판쯤으로 예상했다. 주식 좀 아는 꾼들의 아테나 학당 같은 곳이겠거니 하고 클릭을 했다.

그런데 웬걸, 여기가 디씨갤인지 메이플스토리 채팅창인지 분간이 안 가는 혼돈의 장이 거기 펼쳐져 있었다. '앞으로의 시세 분석'이나 '내일 예상' 같은 제목을 누르면 어김없이 낚시를 당했고, 물린 사람들을 조롱하며 얼마 먹고 나간다는 약 올림은 기본, 안티니 찬티니 서로를 순서 없이 물어뜯으며 자랑과 자학을 반복하고 있었다.

종토방에 있으면 모든 주식은 앞자리를 바꾸며 상을 칠 것 같았다. 아니 그러지 않으면 큰일 날 것 같은 믿음이 너무나들 간절하고 또 확고했다.

어떤 정보를 어떻게 여과해서 듣고 거를지 감이 잘 안 서던 그땐, 어쨌든 시세 체크하며 들르기 좋은 종토방을 꽤 자주 눈팅했다. 함께 일희일비하며 롤러코스터 같은 집단 광기에 동조했다.

오래 지나지 않아 깨달았다. 종토방은 기도실이란 걸. 객관적이고 냉철한 정보보단 성호와 108배, 제발과 아악이 뒤섞인 개미들의 토템 광장 말이다.

주린이 신분에도 얼마 지나지 않아 이를 곧 깨달았지만 솔직히 재밌어서 봤다. 글을 쓰거나 댓글을 달진 않았지만 불장에 단타를 하려는 개미들의 심리는 그 어떤 스릴러 무비보다 적나라했다.

나 역시 물려 있는 주식의 종토방은 클릭을 할 수밖에 없다. 내 맘도 답답하고 막막하니까. BTS의 빌보드 커리어 덕에 결론적으로 탈출에 성공했지만 초록뱀은 유독 종토방을 자주 들락거린 종목이다. 첫 매수를 한 2월 초부터 탈출한 9월 초까지, 장장 7개월에 걸친 여정이었다. 단타만 치고 나오려다가 생각보다 길어진 기간에 나도 의지하고 기댈 곳이 필요했다.

오름세가 보인다 싶어 종토방엘 들어가면 설레발치는 개미들이 이미 그득했다. 주가가 너무 잠잠해 생사 확인 겸 들어가보면 누군가의 분노가, 포효가, 때론 살벌한 욕들이 울려 퍼지고 있었다. 그것도 정보라면 정보라고 해야 할까. 이놈의 주식은 더럽게도 힘 받기 어렵단 웃픈 현실, 여기서의 존버 타임이 생각보다 꽤 길어질지 모른단 현실 자각 또한 정보라면 정보니까.

서로 같은 처지에 나눌 수 있는 게 공감밖에 더 있으랴. 개미들이 물어다 오는 재료란 것들이 다 거기서 거기일 수밖에 없고, 똘똘하게 이미 먹고 나간 사람들은 굳이 종토방을 다시 기웃댈 이유가 없으니 말이다. 비슷한 처지의 개미들이 모여 비슷한 불행에 대해 이야기하는 곳. 이런 걸 동료의식이라고 불러도 좋으려나. 어쨌든 물린 주식에 팔다리가 쑤시고 마음까지 쓰린 날엔 같은 병상에 누워 있는 개미들의 성토대회가 즉효다.

'19층 위에 누구 있나요?'

'전 21층요….'

'부디 탈출까지 무탈하시길.'

나만 이런 게 아닌란 위안은 그렇게나 강력하다. 종토방은 외롭고 고독한 투자 외길에 처음 만난 단체생활이자 커뮤니티였다. 정서가 좀 기울어서 그렇지, 마음 다친 개미들을 위한 나름의 역할을 하고 있다고 본다. 돈과 욕망이 오가는 길목엔 다 그렇게 사연과 감정이 넘치기 마련이다.

이후부턴 실질적으로 필요한 정보와 그나마 도움 될 이야기가 있는 커뮤니티를 찾기 시작했다. 직장인들의 대나무숲 '블라인드'엔 회사나 업종 게시판 외에도 오픈 타임라인이 있다. 여러 테마 중 주식투자 카테고리가 있는데 한때는 이곳을 자주 들락거렸다.

한창 너도나도 주식에 뛰어들며 직장인 개미들의 비중이 높아졌고, 자기 본업보다 주식에 더 열성인 사람들도 많아 어느 카테고리보다 강력한 화력을 자랑하는 곳이었다. 요즘 섹터 분위기나 추천주 게시글들을 종종 참고했다.

재밌는 건 태깅 기능을 활용해 A대감 집 개미가 B대감 집 개미에게 너네 대감 집 전망 어찌 보느냔 질문을 참 질리지도 않고 한다는 점이다. 어지간한 상장사 임직원들이 회사 이름표 달고 활동하는 공간이니 물어보고 싶은 것도 인지상정이다. 대부분 그런 질문엔 얼씬도 말고 지나가라는 경고를 주기 바쁘다. 주인댁네 곳간 운영 모양새가 영 탐탁지 않은 것은 지역과 산업을 막론한 일개미들의 공통분모인가 보다.

이곳도 자기 수익률 자랑이나 감정 널뛰기가 심한 편인데 그래도 네이버 종토방보단 이성이 있는 느낌이다. 계좌 캡처까지 해서 억 단위 수익 인증을 하는 슈퍼개미들도 많아서 주린이 멘탈이 위축되는 날도 많다.

신용대출까지 끌어다 배포 있게 시드 굴리면서 월급의 따따블로 수익 챙기는 꿈까진 못 꿔도, 뭐든 하고 있다는 게 중요한 거 아니겠나. 그런 의미로 블라인드 주식 게시판을 활용하면 좋다.

단단히 맘 잡고 주식 공부에 매진, 유튜브 라이브 매일 챙겨보며 파고들 거 아닌 이상 결국 주식도 시간과 정보 싸움이다. 전업투자자라고 다 수익률이 훌륭한 건 아니지만 9 to 6가 묶여 있는 일개미는 상대적으로 종목 공부나 주식 고민할 절대적인 시간이 부족하다.

삶의 여러 정보를 포털에서 얻다 보니 뉴스 기사를 보고 종목 쇼핑에 힌트를 얻는 경우도 많은데, 이 판에서 〈8시 뉴스〉에 오른 재료는 대개 매도 시그널로 해석한다. 언론의 집중 조명을 받기 전 저점매수에 들어가 있어야 상 치면 수익을 내는 구조다. 그 타이밍을 앞당길수록 수익률은 올라가기 마련인데 문제는 그 소스를 어디서 어떻게 얻느냐는 거다.

평범한 일개미 신분이라면 솔직히 대박 정보나 남들 모르는 호재, 그런 소스는 아예 없다고 보는 게 속 편하다. 대신 매일 주식 붙잡고 열심인, 비슷한 신분의 오피스 개미들이 나누는 대화를 엿보는 거다. 거기 꼭 진실이 있으리란 법도 없고 대부분 알맹이 없는 자기 자랑이나 푸념 글일지라도 말이다.

출퇴근 시간이나 자투리 시간을 쪼개 SNS 둘러보듯 슥슥 보다 보면 요즘은 이런 종목들을 많이 사는구나, 여기서 유전이

터졌구나 하는 정보들을 자연스럽게 접하게 된다. 저녁 뉴스에 선 한 줄로 보도된 기업 소식이 여러 개미의 입장과 관점으로 해 석되어 있어 다양한 시각을 얻는 데도 유용하다. 익명을 기반으 로 한 온라인 공간이지만 어쨌든 그 수익 좋은 상장사에서 월급 받고 주식도 하는 사람들을 두 번 정도 체에 거른 셈.

업무에 치이고 일상에 짓눌리는 와중에 그래도 주식은 하고 싶고 새 종목도 사고 싶다 싶을 때 슥슥 둘러보면 된다. 맹신하거 나 의존할 건 아니지만 종목이나 섹터 인풋이 필요할 땐 대나무 숲 산책을 한번 나가보는 것도 나쁘지 않다.

종목 정보를 참고하기 위해 가입했던 주식 카페들도 몇 개 있다. 언제 가입 신청을 눌렀는지 모를 카페들 중 그래도 자주 들 어가게 되는 곳은 게시물의 결이나 사람들의 정서가 가장 실용 적이고 온화한 곳이다. 느릿느릿 조금씩 수익 내며 큰 욕심 부리 지 않는 곳이라 그런지 소소한 익절 후기들이 주를 이루는데 내 그릇엔 딱 그 정도가 적당했다.

진득하니 게시판 훑다 보면 괜찮겠다 싶은 종목이 보이기도 하고, 보유주식의 매도 타이밍이 고민될 때 같은 주주들의 생각을 검색하기도 한다. 쏠쏠한 배당금과 훌륭한 수익률까지 안겨줬던 KB금융(105560) 매수를 고민할 때 특히 도움이 됐다.

첨엔 안정적인 배당주를 사보자는 것으로 시작했지만 세상에 하고 많은 배당주 중 뭘 사야 할지 막막했다. 포털 검색해서 걸리는 글들은 영혼도 없고 신뢰감도 들지 않아 밑져야 본전 마인드로 네이버 카페에 들어가 배당주 검색에 들어갔다. 소소한 배당금 인증부터 미국 배당주 추천 요청, 배당주 n개 비교글 등 실로 다양한 게시글들이 차르륵 필터링 됐다.

슥슥 읽어내려가다 보니 생각보다 많은 사람들이 금융주 추천을 한다는 사실을 알게 됐다. 누군가에겐 당연한 상식일 수도 있겠지만 단타 테마주나 기웃거리던 주린이 신분으론 전혀 생각해보지 못했던 옵션이었다. 그때부턴 고배당 금융주 리스트업을 하고 또 다시 항목별 검색을 돌리며 여론을 살펴본다. 이 과정을 통해 매수 결정을 했던 것이 바로 KB금융이었다. 처음 게시판 탐독을 할 때만 해도 마음의 결정을 내리지 못해 한참이나 더 오른 가격에 줍줍 하긴 했지만 안정적인 계좌 운영에 톡톡한 공을 세운 주식이다.

요즘도 가끔 시간이 나거나 특정 주식 관련 궁금증이 생길 때, 주식 카페에 들어가 검색 신공을 발휘한다. 눈팅 정도의 소극적인 액션이 전부지만 꽤 든든한 느낌이다. 그들의 의견과 답글이 진리도 아니거니와 그 또한 커뮤니티의 주관적인 여론일 뿐이다만 묘한 동지의식을 느낀다.

팔짱 끼고 할 말 못할 말 조언을 남발하며 서로의 쇼핑 라이프를 지지하는 그런 절친까진 아니어도, 주린이 생활 곳곳에서 작은 연대감을 느낀다. 결국 얼마나 싸게 사서 얼마나 비싸게 파느냐의 단순한 로직이지만, 각자의 상황에서 조언과 위안을 때때로 주고받는다.

쇼핑 메이트가 필요한 건 결국 그 지점 아닐까. 나의 결정이 그래도 의미 있었단 안심, 결과는 슬플지언정 혼자가 아니라는 위안과 공감. 그런 보편의 감정들이 주식장 안에도 고스란히 맴돈다. 솔플에도 외롭지 않은 이유가 된다.

질 좋은 기본템,
우량주

삼성전자(005930) │ 현대차(005380) │ 기아(000270)

우리 집 옷장 한 켠은 흡사 의상실을 방불케 한다. 휘황찬란한 무대의상 같은 옷들이 빼곡히 걸려 있다. 베이직한 아이템, 기본템에 큰돈 쓰는 사람들을 평생 이해하지 못했다. 아니, 기왕지사 같은 돈 쓸 거면 밋밋한 화이트보단 번쩍번쩍 유니크한 패턴이 훨씬 돈값 하는 거 아닌가? 한 땀 한 땀 독특한 디테일에 비용 지불하는 건 아무렇지 않은데, 얌전한 기본템에 돈 쓰는 건 유난히 아깝게 느껴졌다.

한때는 활용도가 극히 떨어지는 옷도 그저 갖고 싶단 마음 하나로 지르는, 순전히 소장을 위한 쇼핑도 곧잘 했다. 오색찬란한 컬러에 볼륨 넘치는 드레스를 주 1회씩만 입어도 "그 왜, 옷 희한하게 입는 애 있잖아"로 불리기 딱 좋다. 1년에 한 번 입으면 다행인 옷들이지만 전혀 아깝지 않았다.

살다 보면 재밌는 이벤트가 한 번씩 생기니 그럴 때 실력 발휘를 할 수도 있고, 고국에서 쌓인 한이라도 풀 듯 온갖 아이템을 남의 눈치 보지 않고 입는 재미로 해외여행을 가기도 했다. 하도 요란한 옷들이 많아서 광고 촬영장에 내 옷을 가져가 입힌 경우도 왕왕 있다.

지금도 여전히 극강의 패턴과 독특한 소재, 빈티지한 디테일을 사랑한다. 한 가지 변화가 있다면 기본템의 중요성을 깨달았다는 것. 변화하는 취향과 유행 사이에서도 오랜 시간 함께하며, 어디에나 잘 어울리는 질 좋은 아이템의 소중함을 말이다.

옷장 과도기를 지나 30대가 되니 내게 무엇이 어울리는지, 어떤 옷을 가장 편하게 자주 입고 다니는지 판단이 섰다. 매일매일 아이돌 컴백 무대처럼 꾸미고 다닐 수는 없는 노릇. 때론 주렁주렁 꾸미는 재미도 좋지만 대부분의 날들은 착용감 편하고 출근하기 좋은 착장이 최고다.

그 시즌 유행템을 쇼핑하는 것보다 내 몸에 꼭 맞는 기본템을 발굴하기가 훨씬 더 어렵지만, 공 들여 선택한 기본 아이템은 오래도록 빛을 발한다. 유행이 바뀌어도, 나이가 들어도, 내 취향이 조금 달라졌어도 여기저기 활용도가 높다.

내 엉덩이 본을 떠서 만든 것 같은 일자 워싱 진, 어깨가 가장 예뻐 보이는 지점에서 뚝 떨어지는 니트, 몸에 착 감기는 보드라운 실크 블라우스, 어떤 이너를 입어도 시크한 분위기를 완성해주는 블랙 재킷, 나중에 딸이 생겨도 절대 못 물려줄 내 생애 가장 완벽한 핏의 라이더 재킷처럼.

평생 옷장을 열며 했던 생각을 요샌 가끔 주식 잔고를 보며 떠올린다. 기본기 탄탄하고 왠지 모를 여유를 주는 질 좋은 기본템, 우량주가 주는 안정감을 말이다.

10년 만의 컴백 시점에 오류를 맞아 믿음의 삼성전자가 바닥을 치는 광경을 지켜봐야만 했던 썰을 앞서 공유했다. 애초에 이 주식은, 나라는 망해도 삼성이 망할 리 없단 믿음 하나로 시작한 장기투자였다.

매수 직후 코로나 직격타로 앞자리가 턱턱 내려갔지만 그래도 손절을 칠 순 없는 노릇. 100주를 57,000원대 한 방에 지른 후 주가가 좀 빠지길래 영끌로 50주를 추매했다. 54,000원대로 딱히 평단을 내리는 데는 미미한 수준의 물타기였지만 말이다. 그렇게 도합 150주나 되다 보니 전체 장부에 미치는 마이너스가 꽤나 컸다. 그래도 삼성이니 괜찮겠지 하는 믿음 하나로 호된 여름을 났다.

계속해서 n차 감염 뉴스가 일상을 뒤덮었지만 신기하게 주식 시장 분위기는 달랐다. 주가는 점점 회복세에 탄력이 붙더니 어느덧 연초 매입가 근처에 다다르고 있었다. 6만 전자를 넘어 7만, 8만 그리고 올해 초 9만 전자까지.

반도체 실적이 훌륭한 것도 맞지만 삼성전자 열풍은 단순히 회사의 건실함과 내실만으로 이뤄낸 결과 같진 않다. 주식판에 뛰어든 수많은 개미들의 총알과 염원이 담긴 코스피의 상징이기에, 삼전은 유독 주가 상승세가 가팔랐다.

장부 체크하는 게 하루의 낙이었다. 다른 데서 삽질 좀 하고 단타 좀 망해도 뭐 어때. 150주나 들여놓은 삼전이 있으니 자잘한 주식들의 마이너스는 전체 장부에 기별도 주지 않았다.

더욱이 삼전은 대한민국 시총 1위 기업의 위용에 걸맞게 분기 배당금을 준다. 분기마다 연간 총 네 번, 잊을 만하면 또 배당금을 꽂아주니 나 역시 매수 후 5월, 8월, 11월 그리고 올해 4월까지 벌써 네 번이나 배당금을 받았다(4분기 배당금은 최종 결산 후 다음 해 1분기에 붙여 지급된다). 특히 이번 4분기 배당금은 특별배당금까지 더해져 주당 1,932원으로 결정 났다.

주식이 한 회사의 미래 가치와 함께하는 투자라는 걸 실감할 수 있는 대목이다. 2020년 훌륭한 경영 성과를 낸 삼전이 그들의 초과 이익 일부를 주주들과 나누는 것이 바로 이 특별배당금이기 때문이다. 내가 투자한 내 돈이 열심히 일한 느낌을 바로 이럴 때 실감한다.

저점에 매수해 수익 본 사람이 있으면 고점에 들어와 그 물량을 받아준 사람이 생길 수밖에 없는 게 주식 시장이다. 특히 삼전 주식은 무슨 유행템처럼 번진 터라 9만 전자 근처에서 매수를 한 사람도 분명 존재한다. 마이너스 구간을 견디는 것이 쉬운 일은 아닐 테지만 분기마다 나오는 배당금은 어느 정도 위안이 된다. 주가의 미래는 아무도 점칠 수 없지만 배당금은 어쨌든 장기투자를 견디는 체력이 되어주니까.

비슷한 시기에 고맙게도 현대차, 기아 주식도 회복세에 올랐다. 죽어도 10년 전 그 주가는 다시 못 볼 줄 알았던 세기의 존버템이 원금을 넘어 수익을 안겨주기 시작한 것이다. 수소전기차 시대 개막과 코스피 활황 콜라보로 웬수 같던 두 주식의 수익률이 파죽지세로 상승했다.

개별 주식의 수익률도 물론 행복하지만 계좌 전체 밸런스 관점에서 봤을 때 믿을 구석이 생겼단 점이 특히 좋았다. 매입 비중으로 보면 현기차 주식이 20% 정도, 삼전이 25%라 세 회사 주식이 전체 주식 잔고의 절반 가까이 차지하고 있는 셈이다.

꽤 큰 비중인지라 세 회사의 주가 성적이 나의 장부 수익률과 멘탈에도 직접적인 영향을 미쳤다. 주가가 탄탄히 올라준 후에는 심리적 안정감과 자신감도 얻었다. 물려받을 가업이라도 있는 한량처럼, 믿고 비빌 언덕이 있는 마음의 안정 같은 거 말이다. 백 단위 수익률을 아무렇지 않게 자랑하는 시대에 다소 소박한 마음가짐일지도 모르겠다.

오랫동안 물려 있던 시절의 고통이 아직도 생생해서인지 안정적인 베이스캠프를 두고 주식하는 기분이 나쁘지 않았다. 안 사본 섹터도 사보고, 어느 정도 리스크가 있어도 매수 버튼 한번 눌러보며 이 바닥에서 경험할 수 있는 것들을 고루고루 시도해 보고 싶었다.

튼튼한 우량주의 존재는 이런 도전들을 가능하게 한 자신감의 근원이었달까. 과거보단 훨씬 더 홀가분한 마음으로 주식을 대할 수 있는 여유가 생겼다. 잘 고른 클래식 아이템은 시즌과 관계 없이 유용하고, 시대가 변해도 그 가치가 변치 않는다는 진리를 마주한 순간이었다.

조명으로 대신 써도 될 것 같은 비즈 블라우스나 액자로 걸어도 될 것 같은 강렬한 패턴 드레스는 일단 눈에 띄고 손이 먼저 간다. 탐이 나고 소장 욕구가 뻗치지만 매일 이런 옷만 입고 살 순 없다.

두고두고 여기저기 매칭하기 좋은 기본템이 우리 옷장에 안정감을 주는 것처럼, 주식 계좌에도 그런 아이템 몇 가지 갖춰두는 일은 그래서 추천할 만하다. 매일이 파티 같을 수 없듯, 일상을 잘 나는 힘은 결국 단단한 바닥에서 오는 안정감과 근거 있는 자신감에서 오니까.

신뢰의
지인 추천템

씨에스윈드(112610)

주식 토크를 주기적으로 하는 친구들 단톡방이 있다. 우리의 연이 주식 투자로 시작된 건 아니지만 일상다반사를 공유하다 보니 그중 과반수가 빠져 있는 주식이 화두에 오르는 경우가 더러 있는 것.

각자의 포트폴리오나 시드 규모, 투자 스타일은 모두 다르지만 이런 수다는 여러모로 유용하다. 어떤 종목이 급등하거나 급락했을 경우 정보 공유도 되고, 나에게 없는 섹터 소식이면 그 또한 다음 투자에 대한 좋은 소스가 된다.

가끔 나는 이런 질문을 던진다.

"요즘 추천해줄 만한 주식 있어?"

과거 버전으로 치면 "나 주말에 성수동 가는데 와인바 어디가 괜찮아?" "친구 이사하는데 선물 추천 뭐 있음?" 같은 질문이다.

어찌 보면 주식 추천만큼 민감하고 예민한 주제도 없으리라. 본전 찾기 어려운 소개팅 주선과 비슷하다. 소신껏 연결해줬건만 별로라면 해주고도 욕먹기 십상이고, 잘돼도 본전 찾기 어려운 그런 것.

구린 상대와의 소개팅은 하룻저녁의 시간과 약간의 체력만 버리면 된다지만 주식은 말 그대로 돈이 걸려 있다. 괜시리 팔랑거렸다 손해라도 보면 돈독했던 관계에도 금이 갈 수 있는 그런 위험한 거래.

서로의 정보 격차가 크다면 모르겠지만 고만고만한 주린이 신분이라 부담 없이 자기 종목 토크나 요즘 관심 섹터에 대한 수다를 친구들과 떨곤 한다. 그 밑엔 암묵적 동의가 깔려 있다. 추천해주는 나도 내 맘이지만 어느 가격에 들어가 어디서 나올지, 살지 말지 역시 네 맘이다 하는. 서로 이런저런 종목 수다를 연

예인 가십이나 회사 뒷담화처럼 나누지만 선택은 어디까지나 내 몫이다.

처음 들어보는 종목인데 이거 한번 파보고 싶다 싶으면 그때부터 관련 기사도 찾아보고 종목 공부를 시작한다. 커뮤니티나 종토방 들어가서 분위기도 좀 살피면서 이 주식 그래서 쇼핑할지 말지를 결정한다. 작년 가을은 그렇게 팔자에도 없는 풍력주를 소개받기에 이른다.

한창 주식에 빠져 사팔사팔(사고팔고 사고팔고) 하던 때를 지나 현생에 치이기도 하며 약간의 소강상태를 맞이한 가을이었다. 허나 계속 손을 놓고만 있을 순 없었다. TV만 켜면 온갖 주식 전문가들이 나와서는 돈이 일하게 해야 한다며 압박을 줬다.

주식마저 하나의 일처럼 느껴지던 계절이었다. 바빠서 종목 공부 따로 할 여력도 없고, 이게 매번 즐겁고 생산적이기만 한 일도 아니라 어느 날 단톡방에 질문을 던져보았다.

"요새 추리닝 브랜드 어디가 예뻐? 아 아니, 추천해줄 종목 있어?"

그렇게 팔자에도 없던 풍력주의 주주가 되었다. 수수깡으로 바람개비 날리던 초딩 이후로 풍력발전이란 게 내 삶과 접점이 있을 리 없지 않은가. 생소하긴 했어도 괜찮겠다 싶었던 건 그때가 한창 미국 대선을 앞두고 정책주가 각광받던 시즌이어서다.

우리나라에도 그린뉴딜 정책 관련 뉴스가 자주 오르내렸는데 솔직히 난 그 정책이 당최 뭔지 아직까지도 이해를 다 못했다. 제로 웨이스트, 지속 가능한 경영 같은 친환경 화두가 중요하단 건 알겠는데 그래서 정부가 구체적으로 무얼 한다는 것인지에 대한 구체적인 스터디는 부끄럽게도 무지한 편.

허나 10년 차 개미로서 한 가지 명확한 건 있다. 주식은 기세라는 것. 분위기고 기대감이지 분기별 실적이나 한 회사의 가치가 수학 공식처럼 주가에 착착 반영되는 메커니즘이 아닌 것이다. 뉴스만 틀었다 하면 지구 반대편 나라의 대선 이슈가 오르내리고, 정작 의미도 모르는 그린뉴딜이란 단어를 이미 나도 알고 있다면 그 자체로 시그널이다.

좀 벼락치기면 어때. 확신이 선다면 대장주 훑어보고 적정 매수가에 들어가 보면 될 일 아닌가. 하여, 추천받은 종목을 관심 종목에 넣어두고 들여다보기 시작했다. 그리고 조금씩 야금야금

씨에스윈드(112610) 주식을 사들이기 시작했다.

찾아보니 우리 정부도 여러 번 그린뉴딜을 천명한지라 태양광, 풍력발전 등 친환경 에너지 관련주가 하나의 확실한 섹터를 형성하고 있었다. 뉴스에서도 여러 번 들어본 듯한 이슈고, 정부에서 추진하고 있는 사업은 어쨌든 임기 내 이루고자 하는 장기 프로젝트이자 대의명분이다.

잘 모르는 영역이지만 큰 리스크는 아니라는 판단하에 대장주를 살펴봤다. 매수했던 씨에스윈드 외에도 씨에스베어링, 유니슨 등이 있었다. 장이 요동쳐도 바닥을 탄탄히 다지고, 날아갈 때도 터보 엔진 달고 날아가는 대장주 선정은 주식에서 가장 까다로운 파트 중 하나다. 이미 판세가 굳어진 섹터라면 모르겠지만 누가 진짜 대장주일지 희미한 상황이라면 약간의 도박과 베팅이 필요하다.

…라고 하지만 사실 친구가 추천해줬던 종목이 씨에스윈드였으므로 이내 마음을 정하고 곧바로 적정 매수가 잠복에 들어갔다. 하나하나 파보기 쉽지 않은 종목도 맞고 솔직히 말하자면 귀찮았다. 돈과 수익을 논하고 있는 마당에 나태지옥에 떨어질 소리를 꺼내는 게 황당하게 들릴지도 모르겠다.

사실 이 또한 투자의 본질이다. 전답 팔아다 풍력 정책주에 전 재산 올인하는 상황이 아니지 않나. 투자 사이즈에 맞게 나의 에너지를 적당한 수준으로 투입할 줄 아는 것도 수익 관리의 일환이다.

돈이 놀게 해서는 안 된다는 강박에 가볍게 시작한 종목 쇼핑이었다. 가용한 시드도 얼마 없었다. 이미 지난달에 자행한 폭풍 일시불 구매로 디지털 뉴딜주에 자금이 다 물려 있던 터.

간신히 쥐어짠 쇼핑 자금은 간당간당 600,000원 정도였다. 사실 육십이 어디 푼돈도 아니고, 이 돈 벌려면 또 지난한 일과들을 견디고 버텨야 한다. 돈 벌기도 피곤해 죽겠는데 이 돈 나가 일할 필드 고르는 데 방대한 양의 정보를 하나씩 끌로 파며 에너지를 쏟고 싶지 않았다.

얼마간의 믿음이 묻어 있기도 했다. 주식 시작은 나보다 늦었을지언정 매사 똘똘한 친구의 성향을 누구보다 잘 알고 있었고, 추천 사유도 충분히 납득이 갔다. 이를 두세 번 검증하며 시간을 쓰는 것보다 들어갈 타이밍과 나올 타이밍을 고민하는 것이 더 효율적이라 생각했다. 하여, 약간의 조정이다 싶은 기간에 한 번, 이후 좀 더 떨어졌을 때 또 한 번 매수를 하며 풍력발전 회사의 주주가 되었다.

원석 같은 풍력주를 길거리 캐스팅하듯 최저가로 살 수 있던 타이밍은 아니었다. 이미 주가에 기대감이 반영된 후였다. 가시적인 수익률이 바로 보이진 않았지만 그냥 마음 편히 놔뒀다. 정책주는 특히나 흐름이고 기세란 믿음으로 잊고 지냈다.

그렇게 글로벌 풍력 타워 1위 제조업체의 주주가 되고 두 달 뒤, 갑자기 매도가 알람이 울렸다. 어, 갑자기 오른다 이 주식!

바이든이 46대 미국 대통령에 당선되며 신재생에너지 섹터에 기운이 돌기 시작한 것이다. 씨에스윈드는 어느새 풍력발전 대장주가 되어 있었다.

사실 정확한 사유는 잘 모르겠다. 아무튼 행복하게 익절했고 친구에게 수익 보고를 했다. 34.48%. 미친 척 가진 돈 다 밀어넣지 못한 게 아쉬워 죽을 정도로 훌륭한 수익률이었다. 가진 시드가 600,000원뿐이어서 104,000원대에서 3주, 95,000원대에 3주, 총 6주밖에 쟁이질 못했다.

물릴 타이밍엔 꼭 어디서 돈이 조금씩 생겨 턱턱 잘도 지르는데, 건강하고 유망한 주식 들어갈 땐 이상하게 잔고가 말라 있다. 큰 욕심 부리고 들어간 건 아니었으니 이 정도도 훌륭한 자본 소득이라 스스로를 다독여본다.

…라고 썼지만 내가 매도한 후에 씨에스윈드의 주가는 한 달 내내 상을 쳤다. 30%가 넘는 수익을 봤으면 그저 잊고 감사와 겸허의 마음으로 다음 투자처를 찾으면 그만인 것을, 구남친 구글링하듯 미련을 떨었다.

한 2주간 솔직히 매일, 주주일 때보다 더 열심히 씨에스윈드 시세를 체크했다. 예수금도 꽂혔겠다, 한 번 더 들어가? 싶었던 것도 솔직한 심정이다. 그도 그럴 것이 매도 지점이 130,000원 중반이었는데 170,000~180,000원을 우습게 치고 올라가니 사람 심리가 참 간사하다.

이미 고된 주린이 컴백 첫 해를 다 보낸 후였다. 꼭 이럴 때 더 먹자고 들어가면 단단히 체하지 싶어 주식 스토킹을 거기서 멈췄다. 이후 씨에스윈드는 유·무상 증자까지 이어가며 신재생 에너지 대표 정책주로서의 커리어를 다지고 있다.

그날 친구의 추천이 아니었다면 풍력주 주주가 되는 경험도, 30%가 넘는 수익을 내고도 일찍 매도한 걸 후회하는 호사도 누려보지 못했을 거다. 한 번쯤은 친구 따라 주식 사보는 것도 괜찮다. 컬러 잘 뽑는 니트 맛집 공유하듯 추천받은 종목이 때로 이렇게 효도하기도 하니까.

물론 투자는 본인의 판단이다. 우정의 근간이 흔들릴 정도로 맹신하거나 과도하게 베팅하는 건 금물이다. 우리 우정을 유지할 수 있을 만큼의 시드와 기대감을 매수 버튼에 실어보는 거다.

위시리스트 대신
주식 쇼핑하기

SK이노베이션(096770)

주식이 일상의 한 부분을 차지하면서 생긴 소소한 변화들이 있다. 보통의 직장인들에게 월요일이란 그저 오지 않았으면 싶은 무기력의 날이다. 주말 동안 실컷 먹고 뒹군 탓에 죄책감까지 극에 달해 있다. '오늘부턴 진짜 다이어트 할 거야'를 무슨 구호처럼 반복하며 매주 월요일 점심은 샐러드로 회개한다.

바삐 일처리를 하며 한 주를 여는 월요병의 그날이, 개미 라이프가 시작된 이후로 활기를 띠기 시작했다. 한 주의 장 개장이라는 중대한 의미를 갖기 때문이다. 관심 가는 주식이 생겼을 때나 매도 타이밍을 고민 중일 땐, 월요일 아침 9시가 꽤나 기다려

진다.

한 주의 스타트가 양봉일지 음봉일지는 장을 열어봐야 알겠지만 무기력한 월요일, 궁금한 존재가 하나 있다는 것만으로도 출근길 발걸음이 달라진다. 월요일 아침부터 잔고에 퍼런 비가 죽죽 내리는 날은 더블샷의 무기력이 찾아온단 부작용도 무시할 수 없겠지만 말이다.

또 한 가지 큰 변화는 4월을 맞이하는 나의 마음이다. 직장인에게 4월은 글쎄, 봄이 오는 설렘을 만끽하려다가도 서늘해진 지갑에 마음이 황망해지는 달이다. 어김없이 찾아오는 건보료 정산 때문이다.

연말정산과 한바탕 대전을 치르고 이제 숨 좀 돌리려나 싶으면 이번엔 작년 건보료를 토해내란다. 개념상으로는 연 소득을 가늠하여 걷어간 건보료를 실소득에 맞춰 징수 혹은 환급한단 의미지만 당최 받아본 기억보단 뱉어낸 기억뿐이다. 원래 냈어야 하는 돈이라 쳐도 사람 마음이 또 그렇지가 않은 법. 분할도 없이 한 방에 건보료를 털리고 나면 4월 생활비 잔고가 휑하니 비곤 했다.

보다 안정적인 투자와 안전마진 확보 개념으로 작년 한 해 바지런히 배당주를 주워 담았다. 그러자 올 4월 놀라운 일이 벌어졌다. 한 달간 우리 집 우체통으로 하루가 멀다 하고 각종 증권사의 배당금 지급 통지서가 날아오는 게 아닌가. 100원대에서 100,000원대까지 다양한 꽃망울의 배당금이 계좌에 활짝 만개해 있었다. 길가에 흐드러진 벚꽃보다 더 아름다운 광경을, 올 4월 주식 계좌에서 나는 확인했다.

애초에 배당수익을 노리고 매수했던 KB금융이나 SK텔레콤과 같은 고배당주는 물론, 특별배당을 선포한 삼성전자까지 기세를 더해 쏠쏠한 배당금 파티가 열린 것이다. 백화점식 투자 중인 까닭에 모든 주식의 배당금을 하나하나 체크하진 못했다만, 돌이켜보니 얘도 배당을 줬네 싶은, 소소하지만 기분 좋은 입금들도 많았다.

이전 4월에도 배당 통지서가 하나둘 날아오긴 했지만 이렇게 하루가 멀다 하고 꽂힌 적은 처음이다. 개별 종목 수익률이 주는 성취감과는 또 다른 느낌이었다. 묵직한 목돈, 날아가는 수익률은 아니지만 이 주식들을 보유하고 있는 주주란 신분 자체로 월급을 챙겨 받는 느낌이랄까.

언제나 건보료 추납으로 현금 거지가 되던 4월이, 그 어느 때보다 풍요로운 달이 되었다. 개미에게 더 이상 공포의 4월은 없다. 차곡차곡 모아가는 배당주와 함께 잔고엔 '배당꽃 엔딩'이 울려 퍼질 테니.

전직 맥시멀리스트 쇼핑왕의 자력갱생 감동실화 개미 스토리로 흘러가려는 차에 또 하나 고백해보자면, 그렇다고 쇼핑을 아예 안 하는 건 아니다. 냉정히 말해 주식은 주식이고 쇼핑은 또 쇼핑인 거지.

확실히 예전보다 쇼핑 빈도가 줄고 여윳돈으론 옷 대신 주식을 쇼핑하는 합리적인 개인투자자로 거듭난 것 같지만 그래도 그 피가 어디 가겠나. 사람이 살아온 관성과 취향이라는 것이 있는데 어찌 주식 계좌만 들여다보고 내적 만족을 다할 수 있으리.

요즘도 종종 강렬한 물욕의 자아가 고개를 든다. 근래 가장 갖고 싶어 잠이 안 온 아이템은 다름 아닌 빈티지 사이드보드(거실장 등의 수납장). 제일 하고 싶었던 부동산 쇼핑이 어려워지자 내 집 마련의 욕망은 차선책인 집 꾸미기 영역으로 모양을 달리했다.

집도 얻기 전에 새 가구 레퍼런스 북을 만드는 짓을 또 시작하고야 말았다. 새 집엔 이런 가구, 이런 조명을 놓고 싶어 하며 상상의 나래를 펼치는데, 많고 많은 가구 중 나는 그렇게도 사이드보드가 탐이 났다. 적당히 톤 다운된 티크 원목에 과한 디테일 없이 기본에 충실한, 집 한복판에서 중심을 딱 잡아줄 그런 빈티지보드 말이다.

나의 SNS 광고 피드는 죄다 가구 편집숍이 줄을 이었고, 주말마다 온갖 쇼룸 원정 길에 올랐다. 빈티지 가구는 심지어 비싸다. 새 가구보다 비싼 경우도 많고 어지간한 타이밍과 행운 없이 원하는 조건의 아이를 만나기도 쉽지 않다.

집도 없으면서 그 집에 놓을 장을 미친 듯이 보러 다녔다. 곧 이사 갈 거니까, 빈티지는 있을 때 사야 한다니까?를 시전하며 여느 때와 같이 물욕을 불태우는 내게 재를 뿌린 건 다름 아닌 주식하는 개미 친구들이었다.

"그 돈이면 포스코 주식을 사!"

쇼핑에서만큼은 답정너 박사 학위 소지자라 내가 정한 답이 친구들 입 밖으로 나올 때까지 의견을 관철하는 편인데 그 한마디를 듣는 순간 머리가 띵해졌다. 모른 척 제껴지지가 않는 거다. 그래, 마음에 드는 사이드보드 사려면 못해도 삼 백은 드는데, 그 정도면 어지간한 관심종목 시드 태우고도 남을 금액 아닌가? 이 사도 가기 전에 방 한 가운데 사이드보드부터 놓고 잘 뻔한 물욕 폭격기가 일순간 잠잠해졌다.

그리곤 평소 빈티지 사이드보드만큼 갖고 싶었던 SK이노베이션(096770) 주식을 사는 것으로 욕망의 물줄기를 비틀었다. 마침 LG화학과의 배터리 소송 이슈로 연일 고공행진 하던 주가에 조정이 왔고, 조금 줍고 버티다 또 떨어지면 줍고를 반복했다. 승소를 해서 주가가 날아갈 조짐이 보인 날엔 시간외 단일호가까지 들어가는 열정을 보이며 계속해서 매집을 이어갔다.

야금야금 12주를 모은 현재, 담다 보니 진짜 갖고 싶던 사이드보드 가격쯤 되는 주식을 보유하게 되었다. 취향이 묻어나는 멋들어진 사이드보드는 우리 집에 없지만 지금 내 잔고엔 12주의 SK이노베이션 주식 그리고 7%, 220,000원이란 수익금이 찍혀 있다. 이러니 내가 주식 쇼핑을 못 끊지. 이러니 옷 대신 주식 사지 내가.

다음의 소소한 목표는 이 주식 수익금으로 리얼 빈티지 사이드보드를 하나 장만하는 것이다. 순서만 뒤바뀌었을 뿐이지만 그 가구는 내돈내산 쇼핑템이 아닌 K-배터리 선도 기업이 내게 준 선물이 될 거다. 꼭, 그런 날이 오고야 말 거다.

징크스

왜 꼭 팔고 나면
상을 칠까?

바른손이앤에이(035620) │ 초록뱀(047820)

본업, 그러니까 생업과 투자는 철저히 분리되어야 한다. 주식이 아무리 꿀 같아도 나의 본업, 즉 본캐의 역할과 책임은 언제나 우선되어야 한다. 세상만사 모든 일엔 순서와 무게가 있다고 굳게 믿는 편. 그 순번이 꼬이거나 기준이 뒤바뀐 일상엔 '복구 수리비'가 들기 마련이다.

특히 나 같은 직장인이 주식을 할 땐 어쩔 수 없이 감당해야 하는 핸디캡이 있다. 오피스 일개미에게 부과되는 일종의 세금(tax)이랄까. 9 to 6, 법정 근로 시간이란 테두리가 정해져 있는 직장인의 개미 라이프는 그래서 제약 많고 가끔 서럽다.

주식 정규 거래 시간은 오전 9시에서 오후 3시 30분. 한창 미팅 몰려 있고, 줄줄이 보고 잡혀 있는 업무 시간에 주식은 거래된다. 업무 관련 도서 한 권 읽기도 눈치 보이는 회사에서 호가창 들락거리며 주식을 살피기란 결코 쉽지 않다.

부츠 하나를 사더라도 통과 굽 모양, 가죽의 결과 앞코의 셰입, 착샷을 꼼꼼히 살펴야 마음이 놓이는데, 하물며 내 돈 굴려줄 회사 주식을 사면서 점심 메뉴 고르듯 대강 고를 수는 없는 일. 판단을 내릴 충분한 시간, 행동에 옮길 마음의 여유가 있어야 주식 쇼핑도 가능한 것이다.

10년 만에 다시 주식을 시작하니 제일 어려운 건 종목 공부도, 투자 계획도 아닌 '주식할 시간'을 마련하는 것이었다. 사실 근무 시간에 1초도 딴짓 안하고 백 프로 일만 할 순 없다. 가끔 간식도 먹고 동료들과 수다도 떨며 브레이크를 가진다. 아이데이션을 빙자한 멍을 때릴 때도 있고, 회사 메신저에 혼을 담아 키보드를 두드릴 때도 있다.

문제가 있다면, 주식장이 나의 짬과 여유 시간에 딱딱 맞춰 줍줍 타이밍과 수익실현의 기회를 주진 않는다는 데 있다. 결국 자유롭게 주식 들여다 볼 짬이 나는 건 점심시간뿐. 나는 이걸 '런치장'이라고 부르는데, 1시간가량 차트도 보고 흐름도 체크하며 마음의 결정을 내릴 수 있는 온전한 자유 시간이라 할 수 있다.

후다닥 점심을 마시듯 먹고 벤치나 소파에 처박혀 남들 뭐 사는지 수급 현황도 보고 내가 살 주식도 골라보는 날들이 이어졌다. 그리고 머지않아 깨달았다. 어쩌면 이 시간이, 하루 주식장 중 가장 위험한 타이밍은 아닐까?

주식에도 프라임 타임은 분명 존재한다. 9시 개장이 되면 오프닝 기세와 함께 상이든 락이든 어떤 시그널이 만들어진다. 이를 토대로 그날 액션에 대한 갈피를 잡게 된다. 전날 〈8시 뉴스〉에 터진 호재 등 재료 반영도 가장 적나라한 타이밍이다. 장 마감으로 치닫는 2시 이후엔 세력이 숨을 고르거나 개미 털기 등 화력이 떨어지는 경향이 강하다. 리스크를 안고 더 담든 발을 빼든 어떤 의사결정을 하거나 다음 날을 준비할 수 있는 실마리가 잡히는 타이밍이다.

꼭 이 두 타임에 주식을 하란 법은 없다. 하지만 힘없는 개미일수록 남들 화력 집중되는 큰 장에 내 돈을 태워야 안전하다. 먹어도 더 먹기 좋고, 잃어도 대세를 거스르며 홀로 고립될 확률을 줄일 수 있기 때문이다.

전국 모든 직장인들이 휴식을 갖는 점심시간, 런치장은 그래서 어떠한가? 이미 치열한 오전장을 치르고 뚜렷한 경향성이나 거래량의 대세감 없이, 차트 제각각 갈 길 가는 시간이라고 보면 맞으려나.

뚜렷한 시그널 없는 혼돈의 아수라장에, 문제는 점점 더 주식하는 사람이 많아지면서 이 런치장의 불확실성이 가중되는 느낌이다. 전국 개미들이 모두 직장인은 아니겠으나 요즘같이 너도나도 다 주식하는 시대엔 분명 영향이 있지 않을까. 어쨌든 대다수의 개미들이 마음 편하게 주식할 수 있는 유일한 시간이니 말이다.

앞의 사례들에서 어이없이 고점에 물리거나 말도 안 되는 가격에 실책을 저지른 대부분의 사건들은 모두 런치장에서 벌어졌다. 목표 매수가 설정이나 분할매수 원칙일랑 무시했던 주생아 시절이기도 했지만, 점심시간이라는 한정된 시간 안에 얼른 그날의 주식 쇼핑을 마쳐야 한다는 일종의 강박이 황당한 의사결정을 부추긴 것이다. 하루 만에 손절하고 나온 흑역사 덱스터, -42%를 찍은 지엔코, 테마주 단타 치려다 예상치 못한 장투의 길을 걷게 된 초록뱀 모두 런치장에 질렀던 주식들이다.

오피스 일개미의 택스는 여기서 끝나지 않는다. 주식을 하면 할수록 사는 것보다 파는 것이 훨씬 어렵단 걸 깨닫는 요즘. 얼마에 들어갔든 내리면 좀 더 담고 가끔은 불타기도 하면서 평단가를 만들고 기다리는 건 비교적 간단하다. 문제는 어느 구간에서 털고 나오느냐는 거다.

특히 갑작스레 호재를 만나 예상치 못한 떡상의 타이밍이 올 때, 짜릿한 쾌감과 혼돈의 번뇌가 뒤섞인 오묘한 감정에 휩싸인다. 딱 5%만 먹고 나온다거나 몇 만 원대엔 무조건 판다 등 자신만의 매도 기준이 명확한 쿨개미라면 공감이 어려울 수도 있겠지만.

미련 많고 주식에도 감정이입을 잘하는 나는 갑작스레 찾아오는 매도 타이밍에 유독 대처가 미흡하다. 욕심내다 타이밍을 날려버릴 때도 많고, 한탕주의로 분할매도 따위 무시했다가 3일을 배 아파 뒹군 적도 많다.

조용히 집중해서 타이밍을 잡고 마음을 다스리기도 쉬운 일이 아닌데, 회사 업무의 소용돌이 속에 그런 중요한 결단의 순간이 찾아오는 때가 왕왕 있다. 주식이 상을 가는 데 내 업무 일정과 회의 스케줄을 고려해줄 리 만무하니까.

가장 심장이 떨렸던 순간은 영화 〈기생충〉으로 롤러코스터를 제대로 탔던 아카데미 시상식 주간의 팀 회의였다. 금요일 오후 2시, 회의실로 이동하며 바른손이앤에이(035620) 주가를 보는데 그런 불기둥은 처음이었다. 최고점 6,400원대를, 그것도 금요일 오후 2시에 찍고 있던 것이다.

이 정도 올랐으면 수익실현을 어느 정도 해야 할 타이밍이란 본능적 직감이 솟구쳤다. 더 가려나 싶은 기대감도 있었지만 단돈 1,000원이라도 수익실현을 해야 내 돈 아니겠는가.

심장이 쿵쿵 뛰는데 이미 회의실 문은 닫히고, 준엄하고 엄숙한 분위기 속에 주간회의는 시작됐다. 금주의 팀 내 이슈와 앞으로의 프로젝트에 대한 팀장님 말씀이 이어졌다.

하필 또 내 자리는 제일 센터, 빼도 박도 못할 지정학적 위치. 매도 걸 틈이나 추세를 엿볼 여유 따위 없이 그렇게 회의는 2시간 넘게 이어졌다.

가까스로 회의실에서 풀려나니 장은 이미 마감. '64층에 사람 있어요'를 양산했던, 그 영광의 꼭대기는 그 후 다시 오지 않았다.

가끔은 그런 상상을 한다. 저 잠시 화장실 좀, 하고 빠져나와 세면대 앞에서 전량매도를 거는 그날의 나를. 아니면 급한 메일 확인이라도 하는 척 전량매도를 거는 그 순간의 나를. 아니면 티좀 나도 좋으니까 제발 시장가 전량매도라도 거는 나를 말이다.

착실한 일개미였던 나는 그날따라 유독 열심히 의견을 내고 준비한 발표도 하며 성실한 금요일을 났다. 지금도 문득문득 그런 상상을 한다. 그때 팔았으면, 64층에서 딱 내렸으면…. 그랬으면 백이 하나 더 생기고, 시계 하나가 더 생겼을 텐데.

부질없는 줄 알지만 개미라면 이런 레파토리 하나쯤은 가슴에 품고 살지 않나. 그것도 직장인 일개미라면 그 결정적 타이밍을 놓쳐버린 안타깝고도 비련한 서사가 아카데미 못지않을 것이다.

장기간 물려 있던 초록뱀(047820)에서 탈출하던 그날도 잊을 수 없다. 언제가 될지 몰라 매도가 알람만 설정해두고 잊고 지내던 주식이 BTS의 빌보드 1위 호재와 함께 상한가를 친 것이다.

드디어 때가 온 것인가 하고 주섬주섬 탈출 준비를 하던 그때, 갑자기 상무님이 미팅을 소집하시는 게 아닌가. 기세로 봐선 좀 더 지켜보다 매도점을 잡아도 될 것 같았다.

문제는 너무 지겹도록 오래 물려 있던 주식이라 뭔가 액션을 취해야겠단 마음이 앞선 데 있었다. 이때를 놓치면 또 언제 팔 수 있을까 싶은 조급함과 지금 회의 들어가면 언제 나올지 모른단 지난 학습들이 더해져 실행 버튼을 활성화했다.

회의실로 이동하는 찰나에 후다닥 적당한 매도가를 걸어두고 그렇게 회의실로 빨려 들어갔다. 그러곤 여느 때와 다름없이 성실한 일개미의 본분을 다했다. 주절주절 폭풍 아이디어도 내고, 다른 팀원들 업무에 리액션도 하고, 윗분들 말씀엔 끄덕끄덕 네네넵! 파이팅 파이팅! 밥값을 다한 뒤, 자리에 돌아오고서야 휴대폰을 열어봤다.

매도 체결 알람이 와 있었다. 익절이다. 그간의 마음고생을 얼마간 보상해주는 고마운 수익이었다. 그러나 그 후 3일간 짜증으로 인한 미열과 복통에 시달리는데….

당시 걸어둔 매도가는 2,345원. 이 정도 먹었으면 아쉽지 않겠다 싶어 걸어둔 매도가였는데, 이후 몇 주간 이놈의 주식이 3,500원대까지 뚫는 게 아닌가.

초록뱀 드글드글한 섬에서 급하게 탈출하려다 나와도 너무 일찍 나와버린 것이다. 터보 엔진 모터를 달고 샴페인 한 잔 하며 탈출할 수 있었는데, 페트병 줄줄이 엮은 허름한 구명정을 타고 일찍도 나와버린 그날의 타이밍이 너무도 원망스러웠다. 뜸 들 이다 정작 중요한 타이밍은 잘만 놓치면서 이럴 땐 왜 또 이렇게 바지런하고 난리.

돈을 잃은 것도 아니고 심지어 벌었건만 배가 아파 죽을 지 경이었다. 이후로도 며칠간, 오늘 팔았으면 얼마를 더 먹었지? 와… 더 가네 이게? 오늘까지 들고 있었으면 운동화가 몇 켤레 야? 하는 지리멸렬한 날들이 이어졌다.

누가 해킹을 해서 내 주식을 팔아재낀 것도 아닌데, 사람 심 리가 그날의 애먼 회의 타이밍을 탓하게 된다. 그때 상무님 호출 이 없었더라면, 그날 회의가 캔슬이었다면, 못 해도 이거보단 좋 은 보트 타고 탈출하지 않았을까 싶은, 되도 않을 후회를 하면서 말이다.

이것이 오피스 일개미의 택스가 아니고 뭐란 말인가. 때론 핑계 댈 구석이 있다는 게 사람을 이리도 뻔뻔하게 만든다. 제가 원래 이거보단 주식 잘하는 사람이라 이거예요. 본캐가 오피스에 묶인 일개미라 그렇지, 헴헴.

왜 유독 정찰병만
잘 오를까?

네이버(035420) | 카카오(035720) | 효성첨단소재(298050)

이 글은 오늘 오후에 느낀 약간의 분노와 억울함과 회한의 감정을 여러분과 나누고 싶어 적는 글이다.

주식의 주(株)는 주관의 주(主)가 아닐까 싶을 정도로 주식하는 방식과 스타일은 제각각이다. 투자엔 답이 없기 때문이다. 누군가는 그날 치맥 값을 벌기 위해 재미 삼아 주식을 하고, 누군가는 파이어족을 꿈꾸며 담보 대출로 욕심껏 시드를 굴린다. 코스피엔 단타가 약이란 사람도, 자식 물려줄 생각으로 진득이 주식을 사 모으란 사람도 있다.

문제는 모든 생각과 명제가 다 맞다는 데 있다. 주식에 답이 어디 있어. 내가 내 돈 굴리는데 그 어디에도 정답과 정도는 없다.

이토록 개인적이고도 냉엄한 각자도생의 플레이 그라운드에 내 자신 있게 외치고 싶은 만국공통의 진리가 하나 있다. 30억 시드의 슈퍼개미도, 어제 갓 입문한 주생아도 부정할 수 없는 대진리의 명제, 내 주식 장부의 수익률 대장은 고작 1주 찔끔 사본 정찰병이란 아이러니다.

처음엔 이해가 가지 않았다. 분할매수도 몰라 주식을 한 방에 턱턱 사들이던 주린이 시절, 정찰병을 보냈느니 보초를 세웠느니 하는 말들이 눈에 띄었다. 1주 꼴랑 그걸 왜 사지, 귀찮게? 하는 마음이 솔직히 처음엔 들었다. 그런데 위시리스트에 사고픈 주식들이 쌓여가자 이내 이해가 가기 시작했다.

삼성전자 하나만 살 거면 시시때때로 시세도 체크하고 매수 타이밍을 재면 될 일이다. 그러나 수익률 관리가 필요한 포트폴리오가 쌓이고 관심종목이 늘어갈수록 주식은 점점 근면성실의 영역으로 돌아선다.

1주 정도 적당한 가격에 정찰병을 보내두면 주식 잔고에 이름을 올리니 매번 주가를 체크하는 귀찮음을 줄일 수 있다. 1주라도 내 주식이니 좀 더 세밀한 마음가짐으로 매수 타이밍을 들여다보는 효과도 있다. 타이밍을 보다 지금이다 싶은 때가 오면 본격 매수, 영 아니다 싶으면 가볍게 손절할 수 있는 작은 연결고리를 걸어두는 거다.

비슷한 목적으로 나도 총 3번의 정찰병을 파견해봤다. 그것도 딱 1주씩. 이 3마리 정찰병들의 수익률은 이 글을 쓰는 오늘 기준 각각 21.43%, 20.83%, 47.5%다.

그간 매수한 주식들이 이 정도 수익률이면 글쎄, 방구석에서 이런 눈물의 매매일지를 쓰고 있지 않겠지. 고심해서 고르고 고른 애들은 그렇게 줄줄 잘만 미끄러지더니 이놈의 정찰병들은 가는 족족 환상의 수익률을 보이는 아이러니. 혹시 왜 이러는지 아시는 분…?

그중 둘은 코스피 대표 IT주자 네이버(035420)와 카카오(035720)다. 사실 얘네는 정찰병 카테고리가 아니라 바보같이 타이밍만 반년을 재다 매수 기회를 놓친 통탄의 주식으로 분류해야 할 것 같다.

180,000원대부터 지켜보기 시작했는데 비대면 코로나 시대

의 호재가 너무도 빠르게 가격에 반영되는 거다. 하루가 다르게 치솟는 주가에 난데없는 알뜰살뜰 가성비 필터가 활성화되지 않았겠나. 눌림세에 매수 타이밍을 잡겠단 욕심을 부렸고 결국 타이밍을 번번이 놓쳤다.

그러다 약간의 조정이 감지된 2020년 9월, 정찰병을 각각 1주씩 보낸다. 네이버는 310,000원대에, 카카오는 390,000원대에 빛이 나는 솔로 정찰병 딱 1주씩만. 당시 내 기준으론 이것도 큰 도전이었다. 워낙 오래 지켜보다 놓친 주식이니 지금에라도 보내본단 의미로 1주씩을, 당시 관점으론 꽤 비싼 가격에 발 담근 것이다.

심지어 매수 이후 몇 달은 하한가를 쳤다. 가파른 상승 후 숨고르기가 꽤 길어진 상황을, 처음으로 큰돈 주고 정찰병 파견을 보낸 입장에선 견디기 쉽지 않았다. '역시 너무 고점이었어, 거품이네 거품이야'를 연발하며 몇 만 원씩 훅훅 떨어지는 주가를 보고 약간의 비웃음마저 보냈던 것 같다. 주춤하다 못 들어간 게 되려 다행이다 싶은 안도감이었다.

결론이야 말해 무엇 하리. 몇 달이나 힘을 못 쓰길래 관심을 거둔 채 시간이 흘렀고, 지금은 저 1주들이 모두 20%를 웃도는 수익률을 보이고 있다. 가는 길 외로운데 10주씩만 친구 붙여줬음 평가손익이 얼마야, 하는 궁상스러운 마음으로 언제 다시 올지 모르는 그놈의 타이밍을 기다리는 중이다.

이 정도는 그래, 약과다. 워낙 매수 타이밍을 오락가락하다 놓쳤으니 네이버·카카오의 주주가 되지 못한 건 명백한 나의 실책이다. 오늘 이 글을 쓰기 시작한 분노의 원동력은 막내 정찰병 1주 때문이다. 심지어 이 아이는 이미 익절, 그러니까 정찰을 멈춘 후다. 그래서 몰라봤다. 정찰병 퇴임을 시킨 지 단 2개월 만에 50%가 뛰어버린 효성첨단소재(298050)의 위력을 말이다.

지난 가을, 좀 낯설긴 해도 저력이 있겠다 싶어 효성중공업, 효성첨단소재 등 수소 관련주를 지켜보던 중이었다. 우선 정찰병을 보냈고 약간의 상승 이후 이 종목도 꽤 오랜 눌림의 구간을 지났다. 수소주 섹터 공부가 부족했던 것인지, 대장주 선정을 잘못한 건지, 사실 진지하게 이유를 복기하지도 않았다. 1주뿐이었고 매수가가 150,000원대여서 신경이 엄청 쓰이는 정돈 아니었으니까.

매매일지 전반에서 느꼈겠지만 워낙 종목 수도 많고 문어발식 호기심천국 뇌동매매를 즐겨 했던지라 올 초엔 그래서 주식 몇 개를 정리했다. 그러다 익절 구간에 오른 효성첨단소재를 쓸데없이 발견해버렸고 별 미련도 없이 팔아버렸다.

잊고 지내던 퇴임 정찰병의 존재를 오늘 오후, 수소주 매수를 본격적으로 좀 해볼까 싶어 뒤적거리다 다시 마주한다. 그리곤 두 눈을 의심했다. 지붕 뚫고 350,000원대를 찍고 있는 이 주식이 내가 알던 그 효첨이 맞나 싶어 한 번, 쓸데없이 장부 정리한다고 돌체라떼 한 잔 값 벌고 팔아버린 1월의 나를 때찌해주고 싶어 두 번.

주식에서 이런 미련과 후회일랑 아무 소용이 없다는 걸 너무 잘 알지만 47.5%란 어마어마한 상상 수익률 앞에 또 한 번 마음이 무너지는 날이다.

고르고 골라 머리 싸매고 산 주식은 5%도 감사할 지경인데, 왜 꼭 정찰병들은 월드클래스 슈퍼스타 뺨치는 퍼포먼스를 선보이는 걸까. 상승 조짐이 보일 때 강단 있는 의사결정을 내리지 못한 스스로의 우유부단함을 반성해야겠지만, 단 3주의 정찰병이 일궈낸 수익률만이 머릿속에 맴돈다.

정찰병 3주가 500,000원을 그냥 버는 주식판에서, 과연 나는 무얼 사고 무얼 벌겠다는 것인가. 희대의 미스터리다. 수익률 끝판왕 퇴임 정찰병의 신묘한 능력은 대체 어디에서 비롯되는 것인지 도무지 알 수 없는 밤이다.

호재는 왜 예상치
못한 곳에서 터질까?

메가엠디(133750)

요즘 대한민국 주식시장을 보고 있노라면 여기가 강원랜드인지, 경마공원인지 종종 헷갈린다. 어떤 주식이 날아가거나 떨어지는 데 마땅한 근거도, 논리도 없어 보이는 경우가 왕왕 있기 때문. 온갖 주식 개념서에서 이야기하는 주가상승의 공식을 깨버린, 불나방 같은 개미떼와 요동치는 호가창이 뒤얽힌 장면들을 그리 어렵지 않게 만나볼 수 있다.

지난 3월, 윤석열 검찰청장의 사퇴가 발표되자 난데없이 웅진 주가가 튀어 올랐다. 그룹 회장이 그와 같은 파평 윤 씨란 이유에서였다. 정치 관련주야 워낙 학연, 지연, 혈연과 얽혀 맥락이

형성되는 경우가 다반사라지만 기사를 읽는 내내 당혹스러웠다. 정책 기조를 발표한 것도 아니고 그가 몸담던 조직이나 회사도 아닌데 같은 본관이란 이유 하나로 이렇게 떡상을 한다고…?

정치계뿐만이 아니다. 한 걸그룹의 역주행 신화는 오리온 주가 급등으로 이어지기도 했다. 역주행 돌풍을 이끈 브레이브 걸스 꼬북좌의 인기 때문이었는데, 실제로 모델 계약까지 이뤄지긴 했지만 주가 반응은 그보다 먼저였다. 꼬북좌의 떡상이 꼬북칩의 왕국, 오리온의 주가 급등으로 이어지는 놀라운 서사인 것이다.

이곳이 주식판인지 투기장인지 시차 적응이 안 되는 와중에 내 주식도 이유를 모른 채 갑자기 날아가는 경우가 있다. 바야흐로 2020년 수능을 며칠 앞둔 11월의 어느 날, 스멀스멀 올라오는 단타 욕심에 사들인 주식이 하나 있었다. 겨울이 와도 끝나지 않은 이 역병이 다시금 대유행의 조짐을 보이고 있던 때였다.

수능 직전 확진 판정을 받은 학생들이 생겨났고 시험 도중 집단 감염이란 최악의 상황을 대비하는 뉴스들이 연일 오르내렸다. 개미 본능을 참지 못하고 메가엠디(133750) 주식을 샀다. 코로나 재유행에 대한 공포가 커지면서 인터넷 강의에 특화된 교육주가 상을 친 것이다. 메가엠디는 향후 내가 단타를 끊게 된 하나의 계기가 되는데, 사연인즉 이렇다.

처음 매수에 들어간 시점은 11월 23일. 4,750원에 50주를 소소하게 담았다. 3,000원대였던 메가엠디 주가는 코로나가 기승을 부릴 때마다 상을 치던, 나름 코로나 수혜주라 볼 수 있겠다. 12월 3일로 밀린 수능을 앞두고 거리두기 격상 등 감염병의 기세가 거세지자 다시금 상승세에 오른 이 주식에 올라탔고 목표는 역시나 소소하게 얼른 먹고 나오는 것이었다.

쪼오금 더 먹을 수 있을 것 같다는 그놈의 미련 때문에 던질 타이밍을 한 번 놓치고 말았다. 아직 수능은 며칠 더 남았는데 이상하게 주가가 자꾸 떨어지는 게 아닌가. 일단 물타기를 하며 수능 때까지 좀 더 버텨보기로 했다. 바로 다음 날 20주를 더 담았고(나름 분할매수 전략이었다), 수능 D-1엔 4,400원까지 떨어진 주식을 50주 더 담았다.

단타와 재료소멸에 대한 이해가 있었더라면 털고 나갈 때를 아는 타이밍의 미학을 발휘했으련만. 결국 수능 D+1인 12월 4일에도 나는 4,290원에 50주를 더 담으며 이게 물타기인지 셀프 물림인지도 모른 채 메가엠디 주식을 170주나 보유하게 된다. 계획에 전혀 없던 비중 확대였다.

12월 내내 집 안에 갇혀 연말을 나야 했지만 주식판에서 코로나 교육주 파티는 이미 끝난 후였다. 주가는 점진적으로 내리막을 걸었다. 연말엔 4,000원대 지지선이 붕괴됐고 새해가 밝자 3,000원대 후반까지 떨어졌다. 분할매수 에티켓을 하도 못 지킨 것 같아 이번엔 금액을 나눠 자잘하게 계속 물을 탔는데, 다 죽은 재료에 값비싼 트러플 오일을 엄하게 뿌려댄 형국이었다.

초반에 반짝했을 때 적당히 와인 값 벌고 나왔어야 했는데 고생하는 학생들 두고 괜한 욕심부리다 또 이렇게 단죄를 받는구나 싶었다. 수능은 앞으로 1년이나 남았고 그렇다고 비대면 수업 활성화를 위해 코로나 파이팅을 외칠 수도 없는 진퇴양난의 상황 앞에서, 나는 이번 사건을 단타 금지용 케이스로 가슴 깊이 새겼다.

그런데 놀랍게도 올 4월, 갑자기 메가엠디 매도가 알람이 울린다. 이게 대체 무슨 일이야? 불현듯 주가가 나의 평단 4,500원대를 웃돌며 급상승하는 것이 아닌가.

급하게 기사를 뒤져봤더니 난데없는 일자리 관련주로 메가엠디가 주목받고 있었다. 윤석열 전 검찰총장이 모 교수를 만나 일자리와 청년이라는 나름의 정치적 화두를 던졌다는데 그게 웬수 같던 이 주식의 몸값을 띄운 것이다. 29.91%, 무려 거래정지까지 먹어가며 이날 메가엠디는 5,710원에 거래를 마쳤다.

솔직히 좀 당황했다. 교육주로 수능 특수 좀 타보겠다고 매수했지만 당최 이 회사의 어느 부분이 청년들의 일자리와 관련 있단 건지 전혀 맥락이 잡히지 않았다. 입시교육 1등 기업, 뭐 이런 사유라고 하는데 높은 지지율의 차기 정치인의 메시지 발인지, 여하튼 답보 상태에 있던 메가엠디 주가는 금세 6,000원대를 뚫었다.

왜 가는지 이해가 가지 않는 동시에 이 광기가 좀 더 이어질거란 10년 차 개미의 확신이 들었다. 정작 공부해서 들어갔던 수능 재료는 금방 사그라들어 장장 5개월을 물려 있었는데, 정책주도 아닌 것이 이상하게 시류를 타더니 주가는 7,000원대 신고점을 뚫기에 이른다.

앞서 파평 윤 씨와 웅진 주가의 맥락 없는 관련성에 조소를 날린 나지만 뜻밖의 수익을 안겨주시니 개미 입장에선 고마울 따름. 하여, 다시 올까 싶은 7,000원에 전량매도를 걸어둔 어느 날, 54% 수익이란 엄청난 성적을 거두며 메가엠디를 떠나보낼 수 있었다.

비록 시드가 큰 건 아니었지만 이렇게 고점매도를 해본 건 손에 꼽을 일이었다. 지금까지의 패턴으로는 내가 내리면 주가는 날아가고, 붙잡고 미련 떨면 바닥을 치고의 반복이었는데 말이다. 전혀 예상치 못한 호재 덕분에 5개월간 물려 있던 골칫덩이 주식을 처분할 수 있었다. 참으로 놀랍고도 기이한 주식의 세계다.

결론은 해피엔딩이다만 다시 생각해도 이 주식이 대체 왜 상을 치는 건지 주주였던 나조차 이해가 가지 않는 그런 장에서 우리는 주식을 하고 있다.

시드 키워 들어가면
왜 상투를 잡힐까?

유한양행(000100)

직장 동기 Z는 승률이 꽤 괜찮던 친구다. 코로나가 터지고 주식 광풍이 일기 시작하자 주식도 무슨 트렌드 스터디를 하듯 섭렵해가기 시작했다. 마침 나도 주식장에 복귀한 타이밍이 비슷해 회사 수다 못지않게 주식 수다를 자주 나눴다.

그는 일처럼 주식을 했다. 마케팅 트렌드 읽듯이 뜨는 주식이 있으면 여기 팔고 저길 샀고, 이내 또 다른 트렌드에 반응하며 수익을 냈다. 주식도 참 성격대로 한다는 걸 실감하게 해준 친구였다.

요즘도 그와 종종 주식 토크를 나눈다. 물린 주식은 차트 끌어다 놓고 욕도 하고, 재미 좀 본 날엔 자랑도 한다.

그러던 어느 날, 동기 모임 술자리였다. 나 사실 주식 에세이를 쓰고 있다며 고백 아닌 고백을 하자 '니가?!'라는 반문과 '주식?!'이란 몇 번의 확인과 축하를 겹쳐 받았다. 그래, 나도 내 인생 이렇게 될 줄 몰랐다며 동기애를 다지다 보니 어느새 그날 안주는 각자의 주식 사연팔이로 채워졌다.

개미라면 알 것이다. 건너건너 사돈의 팔촌의 절친의 지인은 주식 대박으로 강변 아파트를 샀다더라, 이번에 퇴사를 한다더라 하지만, 정작 내 주변 개미들의 실상은 지푸라기 한 줌보다도 불안하고 가련하단 것을.

각자 이런저런 사연들을 안주 삼아 낄낄거리는데 그날따라 유독 조용하던 Z가 입을 열었다. 그렇게 나는 이 도시에서 가장 슬픈 전설 하나를 전해 듣게 되는데….

사건의 전말은 이랬다. 성격대로 꼼꼼하고 정확한 투자만 제대로 잘하고 있는 줄 알았던 Z도 올 초, 코스피 불장이 오자 심경에 변화가 찾아온 것.

지금까지 그의 투자는 꽤나 성공적이었다. 수급 쏠리는 급등주를 시시각각 잘 갈아타 떼돈까진 아니어도 시드를 비교적 안전하게 잘 굴리고 있었다. 그때까지 그의 시드는 공금, 그러니까 와이프와 그의 공동 자금을 베이스로 했다고 한다. 소소하게 시작한 주식에서 계속해서 수익이 나자 부부 저축도 주식으로 굴린, 건강하고 보기 좋은 케이스라 볼 수 있겠다.

사실 욕심이 나지 않을 수 없었을 거다. 나 좀 재능 있네 싶은 자기효용감과 투자 자신감이 가득한 채로 2021년을 맞은 Z. 하여, 투자 스케일을 좀 더 늘려보고자 했단다. 빡세게 모은 개인 비자금을 박박 긁어 주식에 넣기로 했다는 것. 개인 비자금이라 하면 Z가 개인 용돈 쪼개고 모은 돈에 때때로 여가시간을 갈아넣어 진행한 부업으로 번 돈의 총합을 뜻한다.

이 대목에선 공감을 아니할 수 없었다. 아우씨, 나라도 그 돈 넣지! 당근 노역 1년 넘게 해서 모은 돈을 시드에 모조리 부어버린 나도, 만기 적금으로 주식판에 갓 뛰어든 동기 언니도, 그 대목에선 모두 끄덕끄덕하지 않을 수 없었다.

Z에겐 자신감이 있었으리라. 심지어 그는 코인충('충실할 충'입니다) 출신이다. 밤잠 달아날 정도로 미친 듯이 등락을 해대는 혼돈의 코인판에 지쳐 주식으로 넘어오니 장 마감 덕에 제때 퇴

근도 가능하고, 데이터로 어느 정도 장 예측도 가능하니 너무 좋더란 거다.

코로나 시대 생존법으로 반 장난처럼 시작한 주식에서 성과를 보자 이내 코인판도 다 접고 주식에 올인한 그였다. 하여 새해 새 마음가짐으로 애 둘 아빠의 꿍쳐둔 비상금을 모두 한 주식에 몰빵하게 된다.

그 대목에서 모두들 잔을 비운 것으로 기억한다. 진심으로 그 주식이 잘됐다는 이야기를 듣고 싶었다. 하지만 우리 모두 알고 있지 않은가. 이런 스토리의 끝에는 항상 물림의 비극이 기다리고 있다는 것을….

내가 알고 있는 Z는 그렇게 한 주식에 몰빵하는 스타일이 아니었다. 그도 뭔가 이상한 중력의 끌림을 느꼈으리라. 열심히 벌고 모은 비자금을 그리하여 한 회사의 미래에 과감히 베팅했다고 한다. "그게 어디야, 대체 어딘데"라는 동기들의 채근에 그는 대답했다. 유'암'양행(000100).

그렇다. 시가총액 4조가 넘는 대한민국 대표 제약회사도 유부남의 물린 비자금 앞에선 제 이름 넉 자 제대로 불리는 것도 사치일 뿐. 이후 그의 쓰라린 상투 스토리가 구슬프게 술자리를 맴돌았다.

전 국민이 주식으로 들끓던 1월, 한 가정의 가장이자 주식 좀 한단 자부심의 개미 Z는 바이오의 청사진과 미래 가능성에 모든 걸 걸었다. 그 피 같은 비자금의 말로는 -10%. 조심스럽게 확인된 그의 시드는 여하튼 여덟 자리. (천만 원대 같다. 오빠 힘내….)

참 아이러니하다. 부부 공금 투자는 30%도 넘게 안정적인 수익을 내고 있다는데 왜 하필 각오해서 들어간, 그것도 밤잠 쪼개 가며 부업해 모은 피 같은 시드의 결과는 이토록 참담한 것일까.

대체 왜 그런 선택을 한 거냐는 질문에 레이저티닙이니 폐암 치료제니 매출 파이프라인이니 하는, 흔한 개미의 투자 확신 사유가 줄줄이 이어졌다. 매출 보고서, 영업이익까지 꼼꼼히 체크한 후 큰 리스크는 없을 거란 판단으로 가진 칩을 모두 밀어넣은 그에게 잘못은 없다. 연초 완전 꼭대기에다 그 물량을 다 태웠다는 한 가지 실수 외엔….

뜨거웠던 올 초 불장에 상투 잡힌 주인공은 이제 막 뛰어든 주린이일 거란 편견이 있었나 보다. 그 험한 코인판에서 경력을 쌓고, 심지어 주식을 꽤나 잘했던 Z의 비상금 파쇄 스토리는 그 자리에 있던 동기들의 심금을 울리며 단연 그날 토크박스의 왕좌를 차지했다는 후문이다.

남의 구슬픈 사연일랑 여기서 끊고 싶은데, 하나가 더 있지 뭐야. 심지어 Z의 동생 이야기다. 편의상 소문자 z라 적겠다.

그는 말 그대로 코스피 불장에 제대로 꼬여든 주린이였다. '형제는 위대했다'도 아니고 Z가 '유암이'에 물려버린 그때, z 역시 첫 투자로 피눈물을 쏟았다는 거다. 아직 걸음마도 못 뗀 주린이 z는 심지어 데뷔 무대를 작전주로 치르는 대범함을 보였다.

몇 달 전, 동생이 작전주로 재미 쏠쏠히 보고 있단 이야길 전해 들은 기억이 났다.

"그때 떡상했다 안 했어?"

"응, 근데 처물렸어⋯." (잠시 애도)

친구 추천으로 들어간 위험천만 작전주에 휘말려 -20%가 넘게 물려 있다는 것이다. 건실히 잘 살아가는 청년인 줄 알았는데 이런 인생 곡예를 하고 있을 줄이야. 심지어 z는 개인 사업의 여파로 이미 빚을 지고 주식을 시작한 영끌 빚투족이었다. 〈8시

뉴스〉 '이 시대 주린이 심층취재 - 고난과 역경' 편 인터뷰에 등판할 수준의 서글픈 서사가 아닐 수 없다.

그렇게 물린 돈을 빼지도 못한 채 동생 역시 상실의 나날을 보내고 있다고 했다. (추천해준 친구도 같이 물려 있다니 그걸 우정이라고 불러도 좋으려나⋯.) 심지어 중간 물타기까지 더해 그의 시드 역시 여덟 자리를 찍고 있다 전해진다.

거침없는 꼬마 z는 코인도 불장에 뛰어들어 기어코 상투를 잡혔다고 한다. 내가 지금 주식 썰을 듣는 건지,〈인간극장〉을 보고 있는 건지 헷갈리는 밤이었다. 더 이어갔다가는 'Zz. 형제를 도와주세요'라며 후원 계좌를 띄워야 할 것 같아 이쯤에서 마무리해야겠다.

좀 치사하긴 하지만, 잔고 밑에 깔려 있던 물리고 아픈 나의 주식들이 귀엽게 느껴졌다. 적어도 빚낸 돈은 아니란 안도감 같은 거려나. 생생하고도 구슬픈 두 형제의 굴곡진 개미 인생 대서사에 그날 밤 모두들 배를 잡고 깔깔대며 흥을 부렸다만, 술 다 깨고 곱씹어보니 자꾸만 마음 한구석이 찡해온다.

어찌 보면 당연한 이치다. 주식 1주가 체결되는 구조만 보더라도 누군가 먹으려면 누군간 뱉어야 한다. 던지는 놈이 있어야 매수도 체결되고, 주가란 그렇게 수요와 공급이 팽팽하게 맞서 이루는 자본시장의 표면장력과 같다.

연일 많이 먹고 많이 번 사람들의 이야기가 조명되지만 누군가는 그 장에서도 손실을 보고 돈을 잃는다. 2020년 3월의 모든 차트가 바닥을 찍었듯, 2021년 1월엔 어지간한 우량주들은 죄다 신고가를 찍고 내려와 숨을 고르는 모양새다.

2030 주식 열풍을 조명하는 매스컴의 이면엔 코 묻은 돈, 애기 기저귀 값, 심지어 빌린 돈으로 주식에 매달리는 사람들의 절박함이 가려져 있다. 주가란 그 누구도 모른다. 지금 잡은 상투가 정말 상투일지, 지난한 조정 기간의 한 꼭지로 반등의 기회가 될지는, 미래의 차트만이 그 정답을 알 것이다.

주가는 조정을 동반한다. 어느 정도 올랐다 싶으면 조정이 오고, 그러다 날아가는 날이 올 수도, 푹 꺾여 힘을 못 쓰는 때도 있다.

나 역시 버는 날이 있으면 잃는 날이 있다. 하지만 그 돈이 예전처럼 아까워 죽는다거나 잠 못 이루게 억울하진 않다. 그게 주식이니까. 내가 번 돈 역시 누군가의 수익실현 혹은 손절물량인 것이고 계속해서 장부는 플러스와 마이너스가 뒤섞일 것이다.

그런 주식의 생태계를 받아들이고 그저 이 한 몸 맡겨보는 거다. 상투를 잡았거나 크게 물려 있다 해도 이런 주식 시장의 생리를 이해한다면 길게 내다보며 때를 기다리는 게 그리 괴롭지만은 않다.

10년 전 처음 주식을 시작했을 때와 지금을 비교하면 가장 큰 차이가 거기에 있다. 마이너스 수익률을 보는 시선.

초반엔 세상이 무너지는 것처럼 주식 자체가 원망스러웠지만 이젠 아니다. 주가는 계속 변화한다. 그 유기적인 움직임을 함께할 기업을 골라 투자하고 그 시간을 덤덤히 버티며 일상을 이어가다 보면 분명 기회는 온다. 잃은 돈을 다른 종목에서 채울 수도 있고, 만약 복구가 안 된다 해도 그 경험은 분명 다음 투자에 도움이 된다.

수익의 모양이 꼭 '+예수금'의 형태로만 한정된다 생각하지 않는 이유다. 주식이란 하나의 생태계를 이해하고 받아들이는 나의 마음가짐, 어쩌면 종목 공부나 거래 전략 실습보다 더 중요한 덕목이 아닐런지.

지난 10년간 내가 얻은 것을 묻는다면, 요동치는 주가의 파도 위에서도 낮잠 한숨 때릴 수 있는 여유라고 말하리라. 그날 술자리에서 Z에게 전하지 못한 말을 이 페이지에 남겨보려 한다.

그냥 파도에 몸을 맡겨, Z….

노하우

나만 없어 카카오
– 액면분할

카카오(035720)

주식판에 다시 뛰어든 지 1년쯤 지나고 나니 나름 안정적인 우량주 중심 포트폴리오를 운영하게 되었다. 초기에 멋모르고 막 사들인 주식들과 손절한 흑역사들을 제외하면 이 정도도 꽤 무난하다 싶은 포트폴리오였다.

허나 사람 마음은 참 이상하다. 그 와중에도 못 가진 한두 가지가 끝내 마음 한구석을 괴롭히니 말이다. 내겐 그게 카카오 (035720)였다.

한창 주식 재미 들렸을 때 주워 담고도 남았는데 이상하게 번번이 타이밍을 놓쳤다. 겨우 정찰병 한 마리 보낸 수익률이

20%를 넘어서자 후회와 자책과 배아픔이 더더욱 커질 수밖에.

심지어 주변엔 카카오로 재미 본 친구들이 꽤 있었다. 우량주 불타기 전문가 O는 코스닥 최고 효자 종목은 단연 카카오라 말한다. 180,000원대부터 매집을 시작, 주가가 고공행진 할 때마다 과감하게 불을 탔다고 한다. 월급 받으면 사고, 조금이라도 여윳돈 생기면 또 사고, 오르면 또 사고를 반복. 현재 그녀의 카카오 수익률은 78%에 육박한다.

당시만 해도 물타기는 할지언정 불타기는 좀 거리낌이 있던지라 오름세에 있는 주식을 거침없이 추매하는 O의 투자 방식이 참으로 전투적이라 생각했다. 상승장에 계속해서 불을 타며 비중을 늘려가는 그녀의 투자 방식은 꽤 안정적이고 확실한 성과를 안겨주었다. 나는 그런 그녀의 카카오가 부러웠다.

N도 비슷한 시기에 카카오 주식을 모으기 시작했다. 기억을 되짚어보면 코로나가 터져 모든 주식이 퍼렇게 흘러내릴 때도 비대면 IT 기업 특수로 건실하게 주가를 치고 나간 두 기업이 있었으니 바로 네이버, 카카오였다.

N은 그 기회를 놓치지 않고 150,000원대부터 카카오 주식

을 담기 시작했다. 종종 주식 수다를 떨면 계열사 상장 이슈나 신규 서비스 런칭 등 카카오 관련 뉴스를 끊임없이 물어오던 N이었다.

네이버, 카카오 세트를 주축으로 한 N의 장부 성적표는 꽤 훌륭했다. '갓카오 주포는 운전 실력이 좋다'며 만족감을 표하곤 했는데 그 역시 현재 83%가 넘는 단일 종목 수익률을 찍고 있다. 나는 그런 그의 카카오가 부러웠다.

말 그대로 '나만 없어 카카오'였다. 벼락치기로 부러운 남의 주식이 아니라 거의 1년 넘게 누적된 후회와 부러움이었다. 살까 말까 망설이다 때를 놓치고, 딴 거 사느라 잠시 제쳐둔 사이 또 주가가 오르고, 개중 싸게 줍겠다며 각을 재다 결국 타이밍을 놓치고 말았다.

믿고 계속 가져가도 좋을 몇 안 되는 근본주란 확신은 이미 선 지 오랜데, 주가가 400,000원을 넘어서니 양껏 쟁여넣기 부담스러운 가격대가 된 것이다. 그렇게 카카오에 대한 미련과 애증 어디쯤을 오가던 때, 나의 시선을 사로잡는 기사가 하나 떴다.

바로 카카오 액면분할 공시. 카카오가 드디어 액면분할을 한다는 게 아닌가. 액면분할, 주식의 액면가액을 일정한 분할비율로 나눔으로써 주식수를 증가시키는 일이라 지식백과는 설명한다.

그리 낯선 개념은 아닐 것이다. 과거 삼성전자도 50:1, 그러니까 1주당 2,500,000원 하던 주식을 50,000원으로 액면분할한 사례가 있다. 때는 2018년, 삼전 액분 후 당시 거래량이 40배나 튀어 올랐다고 하니 코스닥 신에서 꽤나 큰 사건이었다. 아모레퍼시픽 역시 2015년, 주당 3,000,000원에 육박한 주식을 10:1로 액면분할 한 역사가 있다.

액면분할이 주가에 꼭 호재로 작용한다는 보장은 그 누구도 하기 어렵다. 천하의 삼성전자도 액면분할 이후 반년이 넘는 조정 기간을 보냈다.

이미 주당 가격이 오를 대로 오른 우량주의 경우, 몸집이 가벼워지고 거래량이 늘어나니 액면분할 자체는 어떤 기회의 모멘텀이 될 수 있지 않을까. '나만 없어 카카오'로 고통받던 나의 해석은 적어도 그랬다. 180,000원대 1차 타이밍을 놓치고 300,000원대엔 정찰병 1주로 솔플을 하다 이내 400,000원 후반대로 날아가버린 주가에 허공만 쳐다보고 있었으니 말이다.

어차피 카카오의 미래는 거시적 관점으로 우상향일 테고, 비록 저점 매수는 놓쳤어도 주당 가격이 떨어지는 지금이 바로 기회가 아닐까? 일단 'go'는 확정인데 문제는 타이밍이었다. 그래서 언제, 얼마에 들어갈 것인가.

액면분할 디데이가 다가올수록 카카오 주가는 고공행진을 이어갔다. 비록 단 1주였지만 392,000원에 들어갔던 카카오는 거래정지 직전 558,000원대 신고가를 찍으며 40%란 어마어마한 수익률에 닿는다.

이걸 10주만 샀어도 얼마야 싶은 마음을 꾹꾹 누르고 사흘간의 거래 정지일에 참으로 많은 생각을 했다. 장내 분위기는 어마어마하게 뜨거운데 또 일각에선 분명 조정을 맞을 거란 의견도 많았다. 답을 누가 알겠어. 오르고 내리고 하다 장기적으론 우상향 그래프를 그릴 거라 믿는다만, 과연 언제 들어가느냐가 관건이다.

4월 셋째 주의 메모장 투두리스트엔 난생 처음으로 주식 쇼핑 스케줄이 한 줄 들어갔다. '4/15 카카오 액면분할 D-day'.

매수가 알람 걸어두고 틈틈이 짬을 내 주식했지, 이렇게 투두리스트에까지 적어두고 고대한 주식은 또 처음이다.

번뇌는 여기까지. 이렇게 고민한 게 억울해서라도 기필코 한 번 들어가봐야겠다. 카카오 이놈들의 액면분할 빅쇼 이벤트에 등판해보기로 다짐한 것이다.

하여, 난생 처음으로 주식 개장 오픈런을 시도한다. 대망의 4월 15일, 장 시작 동시호가 주문을 걸어본 것이다.

들어가고파 안달난 주식이거나 정말 확실한 재료를 미리 쥐고 있지 않은 이상, 정규 개장 시간에 적절한 가격에서 매수하면 그만이다. 매수가를 컨트롤할 수 없는 동시호가를 굳이 걸어볼 일은 여태 없었지만, 액면분할 첫 개장인 이날은 왠지 모를 비장함을 느꼈다. 550,000원짜리가 110,000원이 됐으니 나처럼 사고 싶은 사람이 줄을 설 것만 같고, 그럼 오픈런 정도는 예의 아닌가 싶은 거다.

하여 오전 8시 35분, 동시호가 주문을 넣는다. 우선 딱 3주만. 대망의 9시가 밝자 곧 체결 문자가 도착했다. 체결 금액은 120,500원. 말 그대로 4월 15일의 '시가'에 주식을 사게 된 셈이다. 처음 10분 정도는 이 선택에 강력한 확신과 자부심마저 느꼈다. 주가가 미친 듯이 치고 올라가 개장 5분 만에 130,000원대를 뚫은 것이다.

그래그래, 역시 그렇다니까. 오픈런 뛰길 역시 잘했어 하며 121,000원에 3주를 얼른 더 담았다. 곧 있을 공매도 재개도 있고 액분 이후 주가 추이를 지켜보면서 움직이자는 결론으로 1차 매수액은 총 1,000,000원을 넘지 않기로 가이드라인을 잡았던 터였다.

카카오 액면분할, 첫 개장일은 주가 흐름이 꽤 순조로웠다. 다른 주식 같았으면 오전에 말아 올린 금액을 패대기쳐도 이상하지 않을 텐데 이후로도 며칠간 액면분할 기준가 112,000원을 웃돌며 장을 이어갔다.

가지고 있던 1주가 액면분할로 5주가 되었고, 오픈런 당일 담은 6주를 더해 총 11주의 카카오 초소액 주주가 되었다. 액분 이후 보름이 지난 현 시점, 오픈런 시가 대비 주가는 숨 고르기를 하는 모양새다.

내가 들어간 매수점이 항상 저점일 순 없기에 크게 좌절하거나 마음을 쏟지 않기로 한다. 오픈런에 쓰인 체력과 에너지 역시 향후 다른 투자를 위한 자양분이 되리라.

단 1주로 40%를 찍던 짝사랑 주에서 11주에 평단 100,000원대 초, 현 기준 13.8%의 수익률로 외사랑은 현실 연인이 되었다. 앞으로 조정이 올 때마다 조금씩 더 시드를 보태갈 예정이다.

카카오 보유주수가 늘어날수록 이전의 드라마틱한 수익률과는 점점 멀어지게 될 것이다. 한때는 계좌에 찍힌 빛나는 수익률이 소중해 유독 불타기를 꺼렸다. 액면분할을 계기로 카카오와는 그 일방적 짝사랑을 청산하고, 현실의 투자를 이어가려 한다.

더 많은 사람에게 기회와 유동성의 장을 열어준 카카오 액면분할의 결말을 내 지금 속단할 순 없겠으나 한 가지 명확한 지점은 있다. 덕분에 나도 카카오 주주가 되었다는 것. 단 11주의 소박한 초소액 주주지만, 투자는 이제부터 시작인 것이다.

쇼핑은 일시불,
주식은 할부 - 분할매수

포스코ICT(022100) | 데이타솔루션(263800) | SK텔레콤(017670)

맥시멀리스트 쇼핑왕 시절, 정말 어렵게 고친 버릇 하나가 있다. 바로 할부 중독이다.

신입사원 시절부터 새빨갛고 어여쁜 현대카드 레드를 썼다. 돌이켜보면 혜택은 하나도 없는, 그저 힙하고 좀 있어 보이는 카드였을 뿐인데 그걸 지갑에서 꺼내 슥슥 긁는 맛이 참 좋았더랬다. 이 카드 한 장만 있으면 세상에 가지지 못할 물건은 없어 보였다. 명함과 근속 하나 믿고 무이자 6개월쯤은 아무 일 아니라는 듯 쉽게 허락해주니 말이다. 가격표에 1,200,000원이 붙어 있어도 매달 200,000원만 꼬박 내기로 약속하면 바로 내 손에 질 수 있었다.

문제는 그런 할부가 한 건이 아니라는 것. 매달 카드 명세서를 받아 들고는 카드 도난 혹은 카드사 해킹을 의심했다. 아니, 난 이렇게 쓴 기억이 없는데 이게 대체 무슨 일이야…? 눈을 치켜뜨고 하나하나 확인해보면 신기하게 다 내가 저지른 일들이 맞았다.

그래, 이때 라벤더 컬러가 참 예뻤지. 맘에 들어 신어봤는데 시즌오프를 50%나 해준다니 이 로퍼를 데려오지 못할 이유가 있나? 프로페셔널한 직장인의 손목이라면 팔찌는 세 겹 정돈 걸쳐줘야지, 암. 카드 명세서엔 그렇게 내가 나와 합의봤던 순간들이 고스란히 찍혀 있었다.

그렇게 어마어마한 금액들이 매달 카드값으로 쓸려 나갔다. 3개월, 2개월, 6개월. 개월 수도 참 다양하게 켜켜이 지층처럼 쌓여 있던 할부의 기록들을 어느 날 청산하기로 마음먹었다. 이미 걸려 있는 할부들을 털어내는 데도 한참이 걸렸다. 그렇게 제로베이스를 만들고 앞으로 다신 할부를 하지 않기로, 나 자신과 약속했다.

그 약속을 오늘까지도 잘 지켜내는 중이다. 때때로 과감한 소비를 하기도 하지만 절대 미래의 나만 믿고 질러버리는 일은 하지 않는다. 원하는 물건이 있으면 먼저 자금 마련을 한 뒤 구매한다는 원칙. 카드를 몇 장 나눠 긁는 한이 있어도 할부는 절대 하지 않겠단 나와의 약속.

더 이상 쪼개고 나눌 할부 찬스가 없으니 이 또한 총액은 만만치 않다만, 일시불은 나의 소비 기록을 명확하게 컨트롤할 수 있단 점에서 유용했다. 할부가 어려워지니 어느 정도 값이 나가는 물건은 꽤 고민하게 되었다.

어떤 물욕은 목표 자금을 모으는 와중에 자연 소멸됐다. 그 돈 다 모으기 전에 계절이 두 번 지나 유행이 지나버리기도 하고, 야근 많던 달의 충동적 쇼핑 욕구였던 경우도 많았다. 기어코 큰 걸 지른 달엔 자잘한 다른 욕망들은 자연스레 다음 달로 유예되었다. 욕망이 다른 욕망을 낳는 악순환의 고리를 끊은 것이다.

어렵게 얻은 쇼핑 습관이 너무 소중해서였을까. 개미 복귀 초반, 나는 주식마저 그렇게 일시불로 질러댔다. 이 주식을 사야겠다 싶으면 목표 매수가에 대한 기준도 없이 일단 가용 예산을 몰빵해 지금 당장 계좌에 들여놔야 직성이 풀렸다.

흐름 좋은 단타에 올라탔을 땐 결정이 가벼워 좋을 때도 있지만, 대부분의 경우 고점에 물리기 딱 좋은 패턴이었다. 내가 들어가는 가격이 최저가란 보장은 그 누구도 해줄 수 없다.

주식은 대응이라고 했던가. 내리면 내리는 대로 비중을 나눠 물타기를 하고 평단을 맞추며 분위기를 봐야 하는 것이 주식 매수의 기본이다.

이미 전체 시드를 다 태워버렸으니 이후엔 고사 지내는 마음으로 내 주식이 오르기만을 기다리는 수밖에 없었다. 주가 흐름이 좋아 더 담고 싶을 때나 물타기가 간절할 때도 내가 대응할 방법은 없었다. 거의 모든 종목을 이런 호기로운 일시불 매수로 사던 그때, 대표적인 새드 케이스가 발생한다. 지난 가을이었다.

현생에 치여 주식 돌볼 시간도 없던 어느 금요일, 하루 연차를 냈다. 그래, 나도 이렇게 빡세게 일을 하는데 내 돈이 편하게 계좌에 누워 쉬면 안 되지. 그런 생각이 스치자 간만에 주식을 좀 사야겠는 거다. 가을 바람 불어오기 시작하면 괜시리 체크 재킷 생각이 나는 그런 의식의 흐름이었던 것 같다. 새 주식을 얼른 갖고 싶단 강렬한 열망과 시간 여유 많은 연차가 환상의 시너지를 일으켜 디지털 뉴딜주를 시원하게 쇼핑하고 마는데….

디지털 뉴딜 섹터는 어딘가 트렌디하고 미래지향적이다. 나라의 핵심 지향 산업으로 이미 뉴딜 정책 관련주들의 상승은 연내 계속되고 있었다. 그간 테마주 단타에 영혼이 갈리고, 남들 다 가진 우량주나 줍줍 했던 내 포트폴리오에 뭔가 'ver 2.0'을 찍어 줄 것만 같았다. 업무 스트레스도, 눈치 볼 일도 없는 연차에 얼른 이 쇼핑을 해치우고 싶었다.

하여, 변동도 흔들기도 심한 금요장에 스마트 팩토리 공정 설계를 하는 포스코ICT(022100) 100주를 7,000원에, 클라우드 서비스 기업 데이타솔루션(263800) 100주를 10,100원에 분할 없이 한 방에 들어갔다. 주식 좀 한다 치면 ICT 붙어 있는 거 하나쯤 갖고 있어야 하지 않겠어? 하는 마음도 있었고, 데이타솔루션은 며칠 전부터 계속 급등세라 눈에 들었던, 한마디로 충동구매 성향이 컸다.

두 주식 모두 들어가는 거야 오케이인데 문제는 타이밍이었다. 포트폴리오에 빨리 넣고 싶은 물욕에다 쉬는 날 매수를 마무리하려는 성급함까지 더해지니 둘 다 평단이 너무 높았다. 훗날 깨달은 바지만 그날은 야금야금 매집을 완료한 개미들이 수익실현을 하는 날이지, 고이 모은 돈을 털어 매수할 타이밍이 아니었다.

심지어 연차를 낸 날 내가 일찍 일어났을 리 만무하다. 아침 잠 푹 자고 느지막이 동네 카페에서 브런치를 먹던, 그놈의 런치장에 또 매수 버튼을 눌러버린 것이다. 분할매수 에티켓을 싸그리 무시한 이날의 주식 쇼핑은 결과가 불 보듯 뻔했다.

그나마 포스코ICT는 중간중간 상도 가고, 현재도 다행히 수익 구간에 있다. 연간 그래프로 보자면 매수했던 9월쯤 급등세에 올라 몇 번 더 상을 치고 7,000원대에 주가가 안착한 모습이다. 올해 3월엔 심지어 9,000원대를 돌파하며 꽤 여러 번 수익실현 기회를 줬는데 애석하게도 나가지 못했다. 매도가 알람도 잘 걸어놓고 이쯤 먹으면 미련 없겠다며 플랜을 다 짜놓고도 결정적인 순간 타이밍을 놓쳤다.

꼭지에 팔고 싶단 욕심 때문이었다. 요 며칠 기세가 심상치 않네, 좀 더 갈 것 같으니 조금만 더 먹고 나가자는 1mm의 욕심이 타이밍을 족족 흘려보냈다.

작은 익절도 소중히 생각하는 내가 유독 질척거릴 수밖에 없던 이유가 있다. 그때 같이 일시불 세트로 지른 데이타솔루션 수익률이 엉망진창이었기 때문이다. 같은 섹터주끼리 손실 보전을 해줬으면 하는 이상한 연대의식이 들어서는 수익 내고 있는 포스코ICT에 너무 큰 기대를 걸고 있었다. 뭐 하는 회사인지도 제대로 몰랐던, 29% 찍힌 남들 수익률이 부러워 덜컥 매수한 대가였다.

충동구매로 고점에 물린 데이타솔루션은 그 죗값을 톡톡히 치르는 중이다. 10,000원에 들어갈 때만 해도 그전 주에 11,000원대도 갔으니 이 눌림목(?)을 딛고 더 날아갈 줄 알았는데 떨어지는 칼날을 맨손으로 잡은 셈. 더 슬픈 사실은 이날 일시불로 1,000,000원을 통째로 밀어넣은 내 자신을 반성한답시고 3일 뒤 물타기까지 하는 바지런함을 보인 것이다. 9,180원에 50주 더.

이때만 해도 나는 여유가 좀 있었던 것 같다. 디지털 뉴딜주잖아. 배포 있게 때를 기다리면 언젠가 꼬리를 말아 올리고 당연히 수익실현을 할 수 있을 줄 알았다.

-40.74%, 그것도 150주. 디지털 뉴딜주의 오늘자 성적표

다. 물타기마저 더해 간신히 9,800원대 평단을 만들었지만 현재 데이타솔루션 주가는 5,000원대. 세상만물 모두 빅데이터 중심으로 움직인다더니, 사물인터넷 상용화로 인간이 손수 뭘 할 필요가 없는 시대가 도래한다더니, 한국판 디지털 뉴딜 정책의 향방에 대해 혹시 아시는 분…?

청량한 어느 가을날의 연차에 일시불로 지른 1,700,000원, 월요일에 물타기한 500,000원까지 더하면 총 2,200,000원이 넘는 내 피땀눈물의 시드는 그렇게 반토막이 났다. 그냥 계좌에 조신하게 놔뒀으면 원금이라도 건졌지 싶어 마음이 쓰리다만, 이날 이후 적정 매수가 설정과 비중을 치밀하게 쪼개는 습관을 얻었다. 오늘 여유 좀 된다고, 괜히 주식 사고 싶은 날이라고 숭덩숭덩 일시불로 주식을 사들이는 일은 다신 없었으니 말이다.

주식에서만큼은 할부가 필수다. 지금 내가 들어가는 가격이 어디쯤일지는 워렌 버핏 고조할아버지도 모른다. 다시 오지 못할 저점일 수도 있지만 역시나 다시 보지 못할 고점에 피 같은 시드를 들이미는 것일 수도 있다. 하여, 3:4:4든 25%씩 4회든, 할부 회차와 매수가 계획을 사전에 꼭 세운 뒤 쇼핑하도록 하자.

전 세계에 딱 하나 남은 내 사이즈의 피스 구하기, 파이널 세일 잠복했다 위시리스트 털기 같은 자극적 쇼핑 탐험에 도가 튼 나였다. 자연히 주식도 이거다 싶은 느낌만 오면 바로 질러버리고 싶은 충동이 일었다.

주식 쇼핑은 매수법의 구조가 철저히 다르단 깨달음과 함께, 요즘은 심하다 싶을 만큼 철저히 할부 매수 원칙을 지키고 있다. 디지털 뉴딜주의 교훈 이후, 연말 배당금과 우량주 쇼핑을 위해 SK텔레콤(017670) 매수 계획을 세웠다.

얘는 총 10주를 무려 5회에 걸쳐 사들였다. 변동 폭이 큰 주식은 아니었지만 주당 가격이 200,000원대라 더욱 조심스러웠다. 몇 주 담아보고 살짝이라도 가격 떨어지면 조금, 또 떨어지면 조금 더 담는 식으로 배당기준일까지 10주를 차곡차곡 사 모았다.

묵직한 우량주 계열인지라 다섯 번에 걸친 매수가 평균에 큰 차이가 있진 않다. 하지만 이 또한 한 땀 한 땀 대응을 하며 모으니 처음 매수를 고려했을 때보다 훨씬 괜찮은 평단가를 만들 수 있었다. 기간과 호흡을 갖고 매집을 했기에 예수금 또한 매달 월급에서 적금 떼듯 만들어나갔다. 덕분에 갑작스러운 목돈 투입 없이도 원하는 주식을 배당기준일 이전까지 천천히 사 모을 수 있었다. 주식에서 할부매수가 중요한 이유다.

다시 한번 스스로와 약속한다. 쇼핑은 일시불! 주식은 할부!

더 싸게, 더 많이 사고 싶다면
- 보통주/우선주

삼성전기우(009155)

한동안 나는 국부 유출의 주범이었다. 직구에 빠져들어, 번 돈을 죄다 해외 결제로 탕진한 것이다.

이유는 크게 두 가지였다. 국내 런칭 전인 아이템을 나만 쓸 수 있다는 특별함이 첫 번째 이유. (그걸 스스로 직구까지 한다는 자기효용감과 으쓱함은 덤이다.) 같은 물건이라도 공식 수입만 되면 비상식적으로 가격이 튀는 K-패치에 스마트하게 대응, 합리적이고 때론 파격적인 현지 리테일가로 방구석 쇼핑이 가능하단 것이 두 번째 이유였다.

천조국의 쿠폰 은혜를 똘똘하게 쓸어 담는 건 기본, 남의 나라 국경일과 코드 나오는 일정들을 줄줄이 꿰고 살았다. 원하는 브랜드의 아이템을 세일가에 건져 올려 바다 건너 득템하는 기쁨! 자고로 옷 쇼핑은 만져보고 걸쳐보고 사이즈 2구간 정도는 핏을 비교해가며 오프라인 쇼핑을 해야 실패 확률이 줄어들건만. 온라인, 그것도 이역만리 사이트의 불친절한 상세 설명이나 가끔 뒤통수 맞는 사이즈 차트에 의존하며 그간의 쇼핑 노하우를 유감없이 발휘했다.

오감 세포를 총동원해 불확실성 속에 의사결정을 하는 그 과정이 은근 중독적이다. 심지어 배대지 끼고 물 건너오려면 어느 정도 기다림은 필수. 이 길고 번거로운 여정은 직구 성공의 맛을 배가시킨다. 세일 기간까지 잠복했다 우주 최저가를 마침내 발견, 원하는 물건의 원하는 사이즈를 괜찮은 가격에 득템했을 때의 희열은 그래서 더더욱 강렬하다.

직구가 일상이 될수록 백화점, 편집숍 쇼핑이 어려워졌다. 오프 쇼핑을 하긴 하지만 그 비중과 빈도가 현저히 낮아진 것이다. 때론 직구의 불확실성마저 쇼핑의 재미가 되었다.

며칠을 고민해 딱 붙는 XS과 편안한 S 핏 사이를 저울질한 결과를 거울 앞에서 마주할 때의 희열, 입어봐도 어렵다는 데님 쇼핑을 실측과 상세컷 시뮬레이션만으로 해냈을 때의 환희. 반은 도박사가 된 느낌으로 점점 더 대범하게 새로운 브랜드를 탐험했고, 귀신같이 내 아이템을 낚아 올리는 실력 역시 늘어갔다.

그러니 남들 다 갖기 쉬운, 도처에 매장이 깔린 메이저 브랜드에는 영 흥미가 가지 않았다. 주류의 궤도에 오르기 전, 나만 아는 브랜드를 합리적인 가격으로 구해 입는 재미에 푹 빠진 것이다.

그렇게 나는 바지런한 직구 기능이 탑재된 스마트 쇼퍼로 거듭났다. 그럼그럼, 바가지는 말도 안 되지. 버는 건 몰라도 사는 건 이 구역의 쇼핑킹이 바로 나라고!

삼성전자로 리부트된 개미 라이프에도 직구 매니아의 쇼핑 노하우가 전이된 걸까. 삼전 100주를 담고 얼마 지나지 않아 갑자기 우선주에 관심이 뻗쳤다.

가끔 주식 이름 끝에 '우'가 붙는 주식들이 있다. 보통주와 대별되는 우선주를 의미하는데 우리가 알고 있는 대부분의 주식들은 보통주다. 글자 그대로 보통 주식. 보통주 보유자는 주주총회에 참석해 의결권을 행사할 수 있고 배당을 받는 등 주주로서의 권리를 행사할 수 있다.

둘의 가장 큰 차이는 바로 의결권 유무. 우선주는 주주로서의 영향력 행사가 불가한 대신 배당에 우선권을 갖는다. 그리고 우선주의 가격은 보통주보다 훨씬 저렴하다.

둘을 이야기할 때 '괴리율'이란 개념이 등장한다. '괴리율=(보통주 시세−우선주 시세)÷보통주 시세×100'이라는데 수포자가 감히 요약해보자면 둘의 시세 차이가 보통주 대비 얼마인지를 나타내는 지표다. 이 괴리율이 높을수록, 즉 보통주와 주가 차이가 크면 클수록 저평가된 주식으로 보기도 한다. 채워갈 갭이 큰 만큼 상승 여력이 있단 의미다.

보통주 대비 가격이 저렴한 우선주는 충분히 매력적이다. 아무리 주린이라도 익히 들어본, 안전하고 탄탄한 회사의 우량주가 좋다는 건 누구나 안다. 이미 너무 비싸서 그렇지. 너도나도 사고 싶은 주식은 이미 주가에 그 인기가 반영되어 있다.

세일에 프라이빗 코드까지 뒤져서 추가 할인에 무료 배송까지 챙기는 실리적 쇼핑왕으로서, 한정된 시드에 보다 많은 주식을 담을 수 있는 우선주가 눈에 들어오는 건 당연한 이치다.

나의 첫 번째 우선주 쇼핑템은 삼성전기우(009155)였다. 매수가는 당시 66,000원. 보통주 삼성전기(009150)의 당시 주가는 146,000원으로, 앞서 공부한 산식을 적용해보면 괴리율은 54.8%다. 시드가 1,000,000원 있다고 가정했을 때 보통주를 사면 8주를 살 수 있지만 우선주는 15주를 담을 수 있다. 약 2배가량 차이가 난다. 우량주는 장기 보유 관점으로 접근하기 마련이니 보유주수가 수익성에 꽤 지대한 영향을 준다.

장바구니 다각화를 위해 삼성전기 주식을 들여다보다 이 우선주의 존재도 알게 되었다. 기왕지사 반도체 관련주에 삼성 뭐시기를 더 사볼 거라면 안 사본 브랜드를 담아보고 싶었다.

우선주는 보통주 대비 발행물량이 적고 거래량도 적다. 반등할 때도 몸집이 가벼우니 상승 여력도 높다는데 매수 당시엔 그 정도로 심도 있게 스터디를 한 건 아니었다. 다만 싸게, 그래서 좀 더 많이, 안 해본 걸 해보고 싶었다. 내가 우선주를 샀던 이유는 딱 거기에 있었다.

허나 우선주라고 별 수 있으리. 역시나 매수 후 보름도 안 돼 코로나 역풍을 맞고 주가는 반토막이 났다. 감질나게 더딘 회복세와 그사이 또 견디고 인내한 존버 신파는 굳이 더하지 않으련다. 총 매수 금액 1,800,000원에 27주를 담았는데 워낙 반토막 행보가 길어지다 보니 한동안 아픈 손가락이었다.

제대로 알지도 못 하면서 우선주는 왜 또 산 걸까. 보통주 삼성전기가 조금씩 회복세에 오를 때도 엉금엉금 그 횡보가 너무 답답했다. 모르면 그냥 남들 사는 거나 따라 살 것이지, 왜 주식판에서도 호기심천국을 찍고 있나 싶어 자괴감이 들었다. 그래도 부실한 내 투자 멘탈보단 이 기업의 내실이 더 단단할 거란 낙관으로 간신히 손절을 참고 보유했다.

다행히 삼성전기우의 주가는 계속 상승세에 올라 지난 1월 최고점을 찍고 현재 110,000원대에 안착했다. 반토막 존버 로드를 보상이라도 해주듯 무려 75%의 수익률이다.

1년 전 내가 우선주가 아닌 보통주로 삼성전기를 샀다면? 매수 시점 당시 주가가 146,000원이었으니 동일 시드에 12주를 담았을 것이다. 삼성전기 보통주의 현 주가는 190,000원대로 수익률 30%대에 평가손익은 현재의 딱 절반 수준이란 계산이 나온다. 운 좋게 수익률도 보통주 대비 훌륭했지만 주당 10,000원의 수익이라도 15주나 더 담을 수 있는 우선주의 평가손익이 좋을 수밖에 없다.

물론 모든 우선주가 보통주 대비 낫다는 결론을 내릴 수는 없다. 주식판에서 우리의 선택이란 결국 확률을 높여 수익을 얻는 데 그 목적이 있다. 보통주 대비 저평가된 우선주는 일단 싸고, 가볍고, 희망적이다. 또한 보유주수의 볼륨 차이에서 오는 규모의 경제는 때로 주식 자체의 수익률보다 안정적일 때가 있다는, 뭐 그 정도의 결론엔 닿을 수 있지 않을까.

갖고 싶은 주식이 있는데 이미 가격이 너무 올랐다? 가진 시드로는 5주도 사기 어렵겠다 싶을 땐 '우' 자 붙은 우선주의 유무를 파악해보는 것도 방법이다. 싸게, 그래서 더 많이, 좀 더 유니크한 쇼핑하고 싶을 땐 우선주를 우선해보자.

물타기로 탈출하기
- 유상증자

초록뱀(047820)

꽤 오랜 기간 심적 고통과 스트레스를 안겨준 주식이 하나 있다. 앞서 언급했던 초록뱀(047820)이다. 어지간한 드라마 타이틀에 자주 이름을 올리는 초록뱀은 잘나가는 드라마 제작사다.

방탄 드라마 관련 계획을 천명한 이후 계속해서 BTS와 명운을 같이하는, 나름대로 대표 방탄주라 볼 수 있겠다. 앞서 덕심 없는 방탄주 쇼핑으로 내상을 입은 덱스터 사례를 소개했다. 초록뱀 역시 원래 목적은 컴백 시류에 탑승, 적당히 단타 치고 나올 의도였다. 나의 이런 불온한 가짜 팬심을 비웃기라도 하듯 이 주식도 내가 매수한 이후 지지부진 영 힘을 못 쓰는 게 아닌가.

1,980원대에 총 2,000주. 시나리오대로라면 얼른 수익을 내고 빠져나와야 하는데 뭔가 움직임이 더디다. 같이 매수했던 덱스터처럼 후룸라이드 급강하를 하는 수준까진 아니었지만 뭔가 후련하게 스윙을 치고 나올 여지가 없었다.

여기서 또 희한한 심리가 발동한다. 덱스터 손절로 마이너스를 본 직후라 같은 섹터인 초록뱀이 그 손실까지 만회할 의무가 있다는 심술이 돋은 것이다.

덱스터처럼 뭐 하는 회사인지 들어보지도 못한 곳보다야 이 회사 본업에 친숙한 상태였고 꼭 방탄이 아니어도 매도 기회가 있을 것 같았다. 그리하여 본 계획보다 꽤 긴, 반년의 여정을 초록뱀과 함께하게 된다.

중간중간 익절 구간이 오기도 했다. 2,100원대를 살짝 넘었을 때 절반은 분할매도로 소소한 수익을 내기도 했다. 십 몇 만 원쯤 익절을 하고도 이상한 보상심리 때문에 나머지 절반은 매도 버튼이 쉽사리 눌리질 않았다.

영영 기회가 오지 않아 말 그대로 초록뱀에 물린 채 여생을 마감할 수도 있겠지만 그래도 때를 기다렸다. 어지간히 신경 굵는 일이 아니었다. 주식도 현금 회전이 어느 정도 받쳐줘야 넣고 빼고 하며 수익을 내는데, 시원하게 팔아버릴 타이밍이 도무지 오질 않는 거다. 단돈 몇 만 원이라도 탈출 시그널이 오면 치사하게 이거 먹고 나가려고 여태 버텼나 싶은 마음이 들었다.

이러지도 저러지도 못하고 반년이 흘렀다. 꾸준히 관찰한 결과 이 주식은 물이 들어와도 아주 잠깐, 나처럼 물린 사람들이 많은 모양인지 좀 오른다 싶으면 냅다 던져대는 물량이 많아 좀체 상승하질 못했다.

그 패턴이 하도 반복되다 보니 나 역시 액션을 미룬 채 관망 모드에 들어갔다. 언젠가는 이놈의 섬 탈출하고야 만다는 의지를 다지면서. 그러던 어느 날, 저 멀리 희미한 신호탄 같은 것이 보이는 게 아닌가.

초록뱀은 그해 여름 '유상증자'를 선포했다. 유상증자는 자금이 필요한 회사가 신주를 발행, 주주로부터 자금을 납입받아 자본을 늘리는 것이라고 지식백과는 말한다.

그런 고급 개념을 알고 있을 리 만무하니 주린이 상식을 총동원해 이렇게 해석해본다. 돈이 좀 필요한 초록뱀이 기존 주주들에게 주식을 좀 싸게, 그니까 세일가로 살 수 있도록 기회를 주는 임직원 패밀리 세일(팸셀) 같은 걸 연다는 말 같았다.

가당치도 않았다. 너를 사고 이미 겪은 고통과 스트레스가 얼만데, 할인 좀 해준다고 지긋지긋한 그 주식을 더 사라니. 누굴 호구로 아나 싶은 황당한 뉴스였다.

심지어 유상증자 결정이 나자 주가는 더 바닥을 쳤다. 회사가 자금을 필요로 한단 건 미래 비즈니스에 대한 투자와 기대감만을 의미하지 않는다. 경영 악화나 비관적인 상황을 극복하기 위한 자금 융통일 수도 있으니 당연한 결과였다.

그 후 지겹도록 일정 공지와 안내 문자, 심지어 두꺼운 책자까지 집에 날아오기 시작했다. 대충 훑어보니 유상증자분 주식을 살 수 있는 '신주인수권'을 구매할 수도 있지만 매도할 수도 있다고 한다.

안 사면 그만이지 하고 계속해서 날아오는 안내 문자를 씹다가 팸셀에 불참하더라도 대체 뭘 팔고 얼마나 할인해주는지는 알아보고 노쇼를 하자 싶었다. 그러다 한 가지, 이 유상증자가 보내온 구명정의 존재를 알게 된다.

유상증자의 개념 자체가 패밀리 세일과 비슷하다 보니 이 신주인수권을 잘 이용하면 물타기 효과를 볼 수 있었다. 같은 브랜드 제품을 어제 백화점에서 정가로 플렉스 했어도 오늘 팸셀에서 80%짜리를 잘 건지면 그 둘의 중간 값으로 평균이 내려가는 이치다.

그러니까 신주인수권은 팸셀에서 쓸 수 있는 쿠폰이라고 볼 수 있다. 그걸 기존 보유주식에 0.401… 비율로 배정해준다. 신주인수권은 소소한 값을 챙기고 권리를 넘길 수도, 프리미엄을 얹어 추가 구매를 할 수도 있다. 이 쿠폰을 많이 들고 있어야 할 인템을 양껏 가져갈 수 있는 세일의 구조다.

복기를 하는 지금에야 기왕지사 베팅하는 거 시원하게 다 긁어모을 걸 싶지만, 몇 달을 물려 처분할 날만 손꼽던 내겐 유상증자 판에 뛰어드는 것 자체가 너그러운 도전이었다. 유상증자 한다고 주가에 전부 호재란 법도 없고, 심지어 증자 과정 중 견뎌야 하는 필연적인 하락 구간도 존재한다.

그래, 어차피 지지부진 팔지도 못 하고 있을 거, 이 기회에 유상증자가 뭔지 경험이나 한번 해보자. 쌍둥이자리 여름 여자의 호기심이 발동하는 순간이었다.

총 2,000주를 매수했다 절반은 분할매도로 처분을 마쳤으니 수중엔 1,000주가 남아 있었다. 내 지분에 할당된 만큼 청약을 넣었다. 최종 결정된 신주 가격은 1,200원대였으니 얼마간의 할인을 받고 보유주식의 40% 정도 추매를 한 셈이다.

초록뱀이 이 돈으로 무슨 사업을 얼마나 건실히 해나갈지는 글쎄 잘 모르겠다. 내 돈 더해 유상증자까지 들어가는 판국이면 알아 마땅한 사항이지만, 나의 제1목표는 신주인수권을 활용한 보다 효율적인 물타기였다.

아무리 주가가 빌빌댄다 해도 1,800~2,100원대를 오가던 이 주식을 1,200원에 물탈 수 있는 기회는 흔치 않다. 그간 어지간한 수익률로 탈출점을 찾기가 애매했기에 이 기회에 평단을 낮추고 그 확률을 좀 더 올리잔 의도였다. 말 그대로 무인도 탈출기처럼!

유상증자 과정 속에 주가 변동은 오기 마련일 테고 어찌 됐든 파도가 와야 뗏목을 밀지 않겠는가. 레슨비를 물더라도 한번 해보잔 심정으로 그렇게 초록섬 탈출을 위한 신주 뗏목을 지었다.

확실히 몸이 가벼워졌다. 거친 파도를 뚫고 무인도를 빠져 나갈 좀 더 가벼운 평단가를 만들 수 있었다. 2,000원대 초반이던 평균 매수가가 1,700원대로 내려간 것이다. 여느 물타기가 그러하듯 40% 비중으로 평단을 파격적으로 낮출 순 없었지만 그래도 이게 어딘가 싶었다. 그리고 때를 기다렸다.

인고의 세월을 보내다 그해 가을, 방탄소년단이 빌보드에서 1위를 한 그날이 찾아온다. 와 역시 방탄이네, 진짜 대단하다 짝짝짝, 하며 남의 일처럼 뉴스를 보며 국뽕에 취해 있다 갑자기 떠올랐다. 초록뱀!

대한민국 최초로 빌보드 핫100 1위를 찍은 역사적인 날은 2020년 9월 1일. 이날 초록뱀 종가는 1,575원이었다. 그렇게 유상증자니 신주 뗏목이니 했어도 여전히 탈출은 불가능한 상황이었다.

그런데 빌보드 호재 이후 하루에 평균 100원씩 종가가 뛰기 시작했다. 드디어 물이 차오르는구나 싶은 감격과 함께 빌보드 1위로부터 딱 일주일 후, 그렇게도 고통받던 초록뱀 무인도에서 탈출했다. 그것도 꽤 쏠쏠한 수익과 함께 말이다.

끙차끙차 간신히 내린 평단이 1,700원대였고 매도가는 2,300원대였다. 주당 600원 정도의 수익인데 심지어 유상증자로 인해 보유주식이 더 늘지 않았겠나. 기존 1,000주에 유상증자분 407주를 더한 총 1,407주를 털고 나올 수 있었다.

앞서 미리 익절했던 1,000주까지 더하면 1,000,000원 가까운 수익을 얻은 셈이다. 처음 방탄 컴백에 흑심을 품고 2,000주급 쇼핑을 했던 시드가 4,000,000원이었으니 종목 손익 자체로도 훌륭한 성과가 아닐 수 없다.

맨날 올랐다 하면 금세 빠지고, 나도 팔라 치면 남이 먼저 팔아재끼던 야속한 초록뱀이 빌보드 호재에 제대로 탄력받아 내가 탈출한 후에도 한참이나 더 상을 갔다. 그간 누적된 보상심리 때문에 사흘은 배가 아팠지만 마음을 다잡는 수밖에.

나온 게 어디야, 초록뱀 드글드글한 그 섬을 빠져나온 게 어디냐고. 한 편의 섬 탈출 재난 영화를 방불케 했던 초록뱀 탈출기의 결말은 어쨌든 해피엔딩이다.

우리 회사가 상장을 한다면?
- 우리사주

이노션(214320)

SK바이오팜 직원들의 줄퇴사 소식을 뉴스로 접했다. 이건 누구나 한 번쯤 상상해보는 그림 아닐까? 내가 다니고 있는 회사가 상장을 하면서 우리사주(근로자가 취득한 자기 회사의 주식)를 맥스까지 땡겨 샀는데, 상장되자마자 몇 배로 따상 하고 퇴사로 그 수익을 실현하는 스토리 말이다.

대개 직원 복지의 일환으로 진행되는 우리사주는 공모가 설정이나 인당 배정 물량이 한정적이기 마련이다. 와중에 SK바이오팜은 상장 직후 주가가 4배로 치솟은 데다 배정 물량도 인당 평균 1만 주가 넘어 한 달 만에 시세차익만 16억 원 가까이 찍었다. 16억. 어렵사리 연봉 1억을 찍는다 해도 그 자리를 16년간 유지하며 커피 한 잔 못 사 먹고 모아야 만질 수 있는, 즉 일개 직장인이 투자로 상상할 수 있는 수익 범위를 한참이나 벗어난 금액이다.

정확한 숫자가 공개되진 않았지만 상장 후 줄줄이 퇴사 신청이 쇄도한단 뉴스가 이어졌는데 이상하게도 통쾌한 활극 한 편을 보는 기분이었다. 홍길동처럼 내 곳간에 쌀 한 가마니 보태준 적도 없는 완전 남의 회사인데 말이다.

혹자는 우리사주로 수익실현 하겠다고 사직서 날리는 이들을 의리 없고 불온한 근로자로 폄하할지 모르겠다. 다 같이 으쌰으쌰 해보자고 나눠준 자사주를 홀라당 팔고 나가버리는 직원들을 괘씸해하면서 말이다.

내 생각은 완전히 반대다. 팔고 싶은 마음을 억누르고 회사에 남아 일하는 임직원들의 마음이 너무도 숭고해 눈물이 날 지경이다. 저 정도 수익실현이면 퇴사 열 번도 더 하겠는데 나는…?

축축 처지는 몸과 마음을 부여잡고 회사를 오가는 제1의 이유는 경제활동이다. 지금에야 인정을 했지만, 직장이 곧 밥벌이라는 생각을 꽤 오래도록 연결 짓지 못한 사람이 바로 나였다. 나는 회사를 자아실현 및 내적 성장을 이루는 곳으로 생각한 사람이었으니까.

이를 통한 순기능도 있었지만 현실과 부딪칠수록 타격이 훨씬 큰 접근법이었다. 자아실현을 위해 회사를 다니면 자주 쉽게 불행해진다. 회사는 수익창출을 제1의 목표로 하고 그 돈으로 직원들 월급을 주는, 하나부터 열까지 손익과 계약으로 묶인 이익집단이기 때문이다.

조직의 존재 이유를 왜곡한 채 개인의 성취와 꿈을 이루는 수단으로 회사와 업을 바라보는 순간, 일상은 쉽게 불행해지고 멘탈은 바스라지기 마련이다. 반면 세속적일지언정 월급에 준하는 노동력을 제공하는 과정에서 회사는 돈을 벌고 나도 생계를 보장받는 관계는 차라리 담백하고 건실하다.

사회초년생 시절의 나는 이 순리를 인정하는 순간, 닳고 닳은 이 시대의 평범한 일개 회사원이 될 것 같은 공포감이 있었다. 그렇게 평범한 밥벌이를 묵묵히 해나가는 것만으로도 대단한 일인데 말이다.

회사에 돈 벌러 가는 것이 지극히 당연한 순리이거늘, 그렇게 말하는 내가 싫었던 것 같다. 치기 어린 마음, 아직 때가 덜 탄 시절의 낭만 같은 거려나.

요즘은 공공연히 소신을 밝힌다. 회사에 돈 벌러 나간다고. 업무 역시 나의 직책과 월급에 준하는 수준이 되어야 맞다고. 받은 만큼 일하되 자리가 올라가고 무게가 더해질수록 더 큰 책임을 지고 노력하는 일 말이다.

돈을 버는 행위는 세상 그 어떤 일보다 숭고하다. 일을 하며 느끼는 때때로의 성취감이나 동료애, 그 안에서의 성장 역시 소중하지만 그 또한 월급 없이는 가치를 다할 수 없다. 그걸 인정하고 오늘 또 하루 최선을 다하는 것이 직장인의 가장 건강한 덕목 아닐까.

말이 좀 길어졌는데 여하튼 회사는 돈 벌러 다니는 데가 맞다는 얘기다. 160만 원만 공돈이 생겨도 행복한데, 열 자리가 넘는 수익률 앞에 그래도 회사와의 신의를 지키며 의무보호예수 기간 1년을 지키고 있는 바이오팜 직원들의 숭고한 직업정신에 고개를 숙일 수밖에 없는 밤이다.

우리사주, 이것은 특권일까 폭력일까. SK바이오팜은 우리사주를 발행했던 여느 케이스 중 가장 압도적인 상장 후 따따따상을 갔던 회사고, 그 외에도 상장과 함께 자사주를 임직원들에게 나누는 회사들이 꽤 많다.

대개 뉴스엔 상장 대어들의 소식들이 하이라이트 되므로 우리사주 나눠주는 회사 자체가 무척 좋아 보일 수도 있겠다. 경영 승계의 발판이든 총알 장전이든 그 의도와 무관하게 기업의 상장 이슈는 긍정의 시그널로 '우리사주 나눠주는 회사=좋은 회사'라고 생각하기 쉽다.

놀랍게도 나의 첫 회사에서도 그런 기회가 있지 않았겠나. 우리사주조합에 들어갈지 말지 고를 수 있는 그 옵션 자체가 부러울지 모르겠지만, 사실 자기가 다니는 회사는 누가 뭐라든 비전 없고 내일 망해도 이상하지 않다는 게 세상 모든 일개미들의 공통된 감정 아닐까. 특정 조직의 구성원으로 느끼는 불합리함과 그들만의 속사정은 어딜 가나 존재하기 마련이니까.

공지가 뜨고 신청 기한이 다가오면 우리사주를 최대 한도로 끌어 사는 것이 애사심의 바로미터처럼 통용되기도 한다. 한마디로 안 사면 눈치 보이는 상황. 뭐야, 회사 오래 다닐 맘 없나 보네? 회사에 대한 믿음이 이렇게나 얕다고? 네… 전 전무님처럼 억대 연봉자도, 권한과 혜택 빵빵한 임원도 아니니까요….

한창 성장하는 역량만큼 왠지 모를 자신감과 약간의 시니컬한 스탠스가 장착된 5년 차 대리 즈음, 회사가 상장을 한다는 게 아닌가. 연차별, 직급별로 구매 가능 수량이 정해지긴 하나 어쨌든 풀로 땡기면 꽤 큰돈을 넣을 수 있는 기회였다.

지금에서야 기회라고 표현했지, 한창 일하는 재미와 노련함에 한껏 도취되어 있던 5년 차 대리는 '이 회사가 상장을 한다고?' 싶은 의구심으로 가득 찼다. '에이, 올해 실적 안 봐도 뻔한데, 내일 망해도 이상하지가 않다니까?' 싶은 내부 직원 입장에선 양껏 사가라며 우리사주를 나눈다는 데 의심부터 들던 것이 사실이다.

지금처럼 코스피 3,000을 넘긴 시대에야 회사가 상장을 한단 사실 자체가 재료가 되겠지만 그 시절 감성으로는 마음의 허들이 높았다. 시니컬한 동시에 기대감 또한 거둘 수 없는 것이 우리사주의 함정일 터. '이 회사도 다 계획이 있을 텐데 그래도 오르지 않겠어?' 싶은 마음, 회의 시작 때마다 '우리사주 살 거야? 얼마 들어갈 거야?'로 시작되는 거국적 분위기 속에 나만 소외될 순 없었다.

총 몇 주였는지 기억이 가물가물하긴 하지만 결국 얼마간의 대출을 끼고 첫 직장의 자사주를 취득했다. 생애 처음 맞닥뜨린 우리사주 앞에, 한여름에 태어난 쌍둥이자리 O형의 호기심을 누르기 쉽지 않았으니까.

'2015년 7월 15일 설립 10주년 기업공개를 했는데, 이 상장으로 정성이 고문과 정의선 부회장의 지분율 합계가 약 50%에서 29.99%로 낮아져, 현대자동차그룹의 이노션에 대한 일감 몰아주기 규제를 피할 수 있게 되었으며, 정의선 부회장의 현대자동차그룹 승계를 위한 실탄 확보에도 도움이 되었다. 그리고 할인혜택 없이 칼 같은 공모가에 우리사주를 구입한 이노션 임직원들은 상장 이틀 만에 주가 15%가 떨어지며 다들 빚더미에 올랐으나, 2015년 11월 말에 이르러야 겨우 공모가를 회복하여 임직원들의 마음이 좀 가벼워졌다.'

이상 나의 전 직장에 관한 나무위키 일부를 발췌한 글이다. 태생이 의심 많고 배짱 없는 나 같은 애들은 그나마였지만, 대출을 풀로 끌어다 한도만큼 매수한 동료들도 꽤 많았다. 직급이 올라갈수록 억 단위 투자도 횡행했던 것 같다. 대박이 나리란 기대까진 안 했어도 마이너스를 찍을 거라곤 상상도 하지 못했으니까.

상장 후 예상치 못한 시나리오로 일이 흘러가니 정신이 아득했다. 그래도 데뷔 무대고 기대감인데, 상장 직후 곤두박질친 주가 덕에 내 머릿속에 우리사주란 자칫 코 묻은 월급에 빨대 꽂힐 수 있는, 당최 믿지 못할 사측의 함정 같은 키워드로 자리 잡았다. 지금 같으면 내부 사정도 빠삭하겠다, 어쨌든 진득하게 갖고 있으면 언제든 매도 타이밍은 온다며 낙관할 수 있었을 테지만 2015년의 나는 그러지 못했다.

심지어 우리사주는 취득 후 최소 1년 이상의 필수 예탁 기간이 있다. 빚을 내서 들어간 사람이라면 꼬박 1년은 이자 비용까지 짊어지고 가야 한단 의미다. 초반 기세라도 좋으면 이자 벌이 화이팅을 외쳐보겠지만 상장하자마자 마이너스를 치는 주식 앞에 남아 있던 애사심마저 녹아들었다.

SK바이오팜처럼 상장 직후 따상이면 잘 다니던 회사라도 이거 지금 나가서 수익실현을 해야 하나 고민하겠지만 그 반대의 경우도 있는 것이다. 대출 지원 역시 한국증권금융에 연계되어 있으므로 퇴사를 하게 되면 3개월 안에 대출 금액을 상환해야 일반주로 보유하든 매도를 하든 셀프 매매의 권리가 생긴다.

대출을 풀로 땡겼는데 퇴직 시점에 주가가 마이너스다? 당장 손해 보고 처분할 것이 아니라면 그 큰돈을 신용대출이든 뭐든 끌어와야 한단 의미다. 더불어 또 다시 이자를 내며 주식이 회복세에 오를 때까지 인고의 시간을 버텨야 함을 뜻하기도 한다.

그리고 나는 첫 직장을 그해 가을 그만두게 된다. 우리사주의 행방과는 무관한, 나의 커리어 로드맵에 의한 결정이었다. 사실 상장 시기쯤 이미 면접이며 이직 프로세스가 진행 중이었다. 아무리 돈과 투자가 중요하다지만 물려 있는 우리사주 때문에 준비했던 이직 기회를 놓칠 수는 없는 법.

비실비실한 주가 앞에서 만약 손해나면 마지막 떼는 세금이라고 생각하자며 의연함을 다졌다. 마지막 면접까지 잘 마친 뒤 합격을 했고, 그렇게 우리사주 매수 후 2개월 반 만에 첫 회사를 떠나게 된다.

오랜 꿈을 이룬 첫 회사여서일까. 험난했던 취준 생활 끝에 합격 통보를 받은 그날의 떨림이 10년이 지난 지금까지 생생하다. 손해를 각오하고 낸 사직서 이후 기적적으로 주가는 회복세에 올라 심지어 얼마간의 수익을 내고 자사주를 처분할 수 있었다. 금액을 떠나 퇴직금 헐어 메울 뻔했던 우리사주가 돌연 퇴직 선물을 안겨준 것이다. 그렇게 나의 첫 직장 우리사주는 새 출발을 앞둔 내게 새 아이폰을 선물해줬다.

이노션(214320). 늦었지만 감사한 마음을 전합니다. 아름답게 헤어진 첫사랑처럼, 언제나 당신의 건승을 빌고 있답니다.

주식이 적금이 될 때
– 배당주

KB금융(105560)

　얼마 전 적금 하나가 만기됐다. 그 난리를 친 지 1년이 됐나 싶은 이 적금은 재테크 신에서 꽤 유명세를 떨쳤던 '하나더적금'이다. 초저금리 시대의 슬픈 단상이 아닐 수 없다.

　하나더적금은 하나은행이 파격적으로 선보인 연 5.01% 한정판 적금 이벤트다. 이마트 전단 미끼상품이나 회원가입 후 앱 구매 시 X만 원 할인과 비슷한 개념이다. 단 3일간 한시적으로 판매됐고 가입 금액도 100,000~300,000원으로 제한이 있었다. 기본 이자에 이런저런 우대 옵션을 충족하면 5%대 금리를 준다는 사실 자체가 핫이슈였다. 2020년, 제로금리 시대에 5% 적금이라니.

그간 본 적 없는 이자율이긴 하다. 연일 찌라시나 쇼핑 링크만 올라오던 친구들 단톡방에 '적금' 기사 링크가 올라온 것도 아마 처음일 거다. 앱이 다운됐네, 창구에 사람이 넘치네 하는 기사들이 계속 쏟아지자 약간의 경쟁 심리까지 발동하면서 내 주위에도 이 적금에 가입한 사람들이 꽤 된다.

마침 적금 만기 시점이 오기도 했고 하나은행 이용자기도 해서 나 역시 가입에 도전했다. 오, 듣던 대로 좀 버벅이긴 하네. 멀쩡하던 하나은행 앱에 로드가 걸리질 않나, 페이지 넘어가기도 전에 오류가 나질 않나, 묘하게 도전 의식이 올라왔다. 내가 내 돈 예적금 드는 데 이렇게도 정성을 쏟아본 건 처음인 것 같다.

첫날은 도무지 페이지 접근 자체가 어려워 포기하고 둘째 날인가 마지막 날, 결국 적금 가입에 성공했다. 300,000원씩 매월 3일, 1년간의 적금. 그렇게 만기를 채우고 올 2월, 원금에 더해 꽂힌 이자는 총 82,650원이다.

주거래은행에서도 2%를 채 안 쳐주는 세상에 5%대 금리는 확실히 눈에 띄는 수치다. 혹자는 저금리·저성장 시대 짠테크 트렌드의 상징이라고도 한다. 그 적금 돌풍에 나도 동참하긴 했다만 입금이 되고 나니 어딘가 씁쓸한 감정을 지울 수 없다. 총 원금 3,600,000원을 12개월간 맡겨둔 이자가 50,000원권 두 장도 안 되는 현실이라니.

심지어 예적금 금리는 단리를 적용한다. 수포자가 계산을 해봐도 원금 3,600,000원에 5% 이자면 180,000원은 떼줘야 하는 거 아닌가 싶다. 금리 5%의 의미는 적금 첫 달 300,000원에만 5%, 이후론 남은 개월 수만큼 이자를 뜯어서 계산한다. 돈이 돈을 굴린다는 복리의 마법 따위 해당 사항 없고 심지어 15.4%의 이자세도 떼간다. 손에 쥔 이자만으로 순이익을 계산하면 실 금리는 2.3% 정도인 셈이다.

하나더적금이 나쁘단 말이 아니다. 이 적금은 개중에도 훌륭한 적금 상품이었다. 그러니 일반적으로 판매되는 1~2%대 예적금은 이자가 거의 없다고 봐도 무방하다. 물론 적금의 의미가 이자 수익을 통한 재테크보단 '얼마간의 금액을 은행 저금통에 강제로 묶어둔다'로 바뀐 지 오래긴 하다. (매번 이런 합리화로 난 적금 안 들어. 했지만 결과는 원금도 못 지키고 그걸 다 백화점이나 와인바에 줘버리고 말았다.)

어쨌든 꽤나 화제를 불러 모으며 재테크 신을 뒤흔들었던 네임드 적금의 겸손한 이자 앞에 왠지 모를 씁쓸함이 몰려온다.

배당주에 조금씩 관심을 가지기 시작한 것도 이때였다. 조금 부끄럽지만 배당주를 10년 가까이 보유하면서도 어떤 이유로 배당금이 들어오는지 정확한 의미를 잘 몰랐다.

멋모르고 들어갔다 주가가 바닥을 쳐 강제 장투를 하게 된 현대기아차 주식도 주주배당을 하는 배당주. 가끔 집으로 배달되는 우편물엔 코 묻은 용돈 같은 금액이 찍혀 오곤 했다. 주생아 시절엔 이 돈을 왜 받는지, 왜 이 금액인지도 모른 채 우편물을 찢어버리기 일쑤였다. (위로금인가도 싶더라. 주가가 바닥을 쳐서 마음 아프시죠? 하여, 저희가 용돈을 보내드립니다!)

다시 주식판에 뛰어들어 한창 이런저런 롤러코스터를 타다 보니 이것도 참 체력과 멘탈 소모가 엄청난 일이었다. 결국 믿고 기댈 건 우량주 장기투자란 클래식한 결론에 다다랐다. 지친 심신도 달랠 겸 그중에서도 배당금과 투자 수익을 동시에 챙길 수 있는 배당주 쇼핑을 해야겠단 생각이 들었다.

단순 고배당주보단 투자도 병행할 겸 6개월 이상 보유할, 안정적이면서도 든든한 배당주를 찾는 것이 목표였다. 연말 적금 든다 치고 배당금 깔고 있는 주식 중 위시리스트를 추려본 것이다. 이때 눈에 들어온 주식이 KB금융(105560)이다.

금융주에 관심이 간 이유는 꽤 심플했다. 한 해 동안 부동산과 주식으로 온 나라가 떠들썩하지 않았나. 줄 서서 대출받고 그 돈으로 아파트와 주식을 산 사람들은 꼬박꼬박 받은 월급의 8할을 이자 갚는 데 썼다. 대출 이자와 엄청난 주식 거래금에 붙어 있는 온갖 수수료는 곧 그들의 실적으로 연결된다. 당분간은 이 광풍이 가라앉을 조짐이 없으니 적어도 2021년까진 상승세를 이어갈 거란 판단과 함께 매수를 결정했다.

처음 종목 공부 겸 지켜보던 때보다도 이미 가격이 꽤 오른 상태였지만 배당기준일을 고려, 11월부터 매수에 들어갔다. 배당주 쇼핑 계획이 있다면 스케줄링에 각별히 신경 써야 한다. 지금 주주라고 해서 배당일에 모두가 배당금을 받는 것은 아니다. 배당기준일을 기점으로 배당금을 나눠줄 주주를 산정하기 때문이다. 배당락일은 그 권리가 없어지는 날이므로 이날은 100만 주를 사도 배당금을 받을 수 없다.

배당주 쇼핑 매수자들은 당연히 이 배당기준일 근처에 주식을 사러 기웃거릴 것이다. 너무 임박해서 들어갈라치면 가격은 올라 있을 확률이 높고, 배당권리만 얻고 바로 팔 생각이라면 배당락 이후 이어질 수 있는 하락 구간 역시 고려해야 한다.

세상만사 내 욕심대로만 흘러가지 않는 법. 단 며칠간의 투자로 배당금만 쏙 빼먹고 나가리란 보장이 어렵단 이야기다. 예적금이 아닌 주식이므로 단순히 고배당에만 꽂혀 매수했다가 주가 자체가 하락을 맞아 마이너스를 칠 수 있단 점도 유념해야겠다.

여러 개의 은행주 중 배당률도 괜찮고 2020년 실적도 탄탄했던 KB금융을 골랐다. 더 싼 주식도 있었고 실적 좋은 주식도 있었지만, 은행주 리스크라고 볼 수 있는 카카오뱅크 주요 주주인 점도 마음에 들었다. 여기서 떨어지면 저기서 보완이 되겠지 싶은 마음에 11월 중순부터 야금야금 KB금융 주식을 매수했다.

30,000원대 후반부터 지켜봤던 걸 생각하면 조금 속은 쓰리지만 배당기준일 전까지 주식을 모아야 하는 상황이니 지난 가격은 돌아보지 않기로 한다. 45,000원대 근처에서 꽤 여러 번에 나누어 총 80주를 모았다.

의도한 바는 아니었으나 300,000원씩 12개월을 꼬박 적금 부은 하나더적금과 총 시드가 거의 비슷하다. 최소 올해 상반기 까진 추이를 보고 싶던 종목이었으므로 2월쯤 주가가 빠졌을 땐 소소하게 물타기를 해 평단을 낮추기도 했다. 물론 이때 추가 매 수한 주식은 배당에 포함되지 않는다.

대망의 배당금 발표. 금융 회사들이 최대 실적 잔치를 한 해 라 배당률 상승을 내심 바라고 있었는데 예기치 않은 복병을 만 났다. 금융 당국이 코로나 등 비상 상황을 대비한 여유자금 확보 란 명분하에, 은행권 배당 축소를 권고한 것이다. 나라의 규제 아 래에 있는 금융 산업이니 순이익 최대 실적이 난 우량기업도 별 수 있나.

올해 배당금은 1,770원으로 결정 났다. 2,220원이었던 전년 대비 20% 정도 축소된 규모다. 배당금 확대를 기대하며 고른 주 식인지라 어느 정도 실망감이 드는 건 사실이다. 어쨌든 계산을 해보면 오늘 주가 51,200원 기준 배당률은 3.5% 되겠다. 주당 1,770원. 총 80주에 대한 배당금 141,600원 역시 배당꽃 만발한 4월에 입금되었다. 매수금 3,600,000원 기준 순이익을 따져보면 약 3.93%의 수익률이다.

목표한 4~5%의 배당률 대비 여러 변수들의 작용으로 아쉬운 부분이 없진 않지만 동일한 시드 3,600,000원에 대한 이자만 단순 비교해봐도, 앞서 그렇게 치열하게 가입한 하나더적금보다 훨씬 훌륭한 수준이다.

게다가 적금은 1년을 꼬박 부어야 했고 이 주식은 배당락 기준 2개월 정도의 투자만으로 수익을 낸 것. 여기에 고맙게도 주가 역시 오름세여서 오늘자 기준 KB금융 수익률은 12.94%를 찍고 있다.

적금이 만능인 시대는 끝났다. 은행에 맡겨만 두면 두 자릿수 이자를 쳐주던 풍요롭고 너그러운 자본의 시대는 우리 곁을 떠난 지 오래다. 물론 괜찮은 배당주를 고르고 적절한 시점에 들어가 수익을 내는 과정들이 공짜로 얻어지진 않는다.

그래도 한번 묻고 싶다. 잘 쳐줘야 2%대인 주거래은행 우대적금을 들지, 고배당 우량주를 골라 매달 1주씩이라도 배당주를 모을지 말이다. 판단은 우리 각자의 몫이다.

가이드

내가 주식을 할 상인가
– 주식 체질 판독법

지에스이(053050)

너나할 것 없이 개미로 가득한 세상을 살고 있다. 국내 주식을 하면 동학개미, 퇴근 후 미장까지 들여다보면 서학개미로 불리며 모두가 크고 작은 주주가 될 수 있는 시대. 주식이 주는 장점과 기회도 많지만 모두가 해내야 할 숙제가 된 듯한 중압감도 공존한다.

좋은 학교, 탄탄한 직장, 자기계발과 자기관리에 이어 재테크와 주식, 부동산이 '안정적인 삶'을 위한 체크리스트의 한 칸을 차지한다. 경쟁적이고 빡빡한 우리 사회엔 언제나 퀘스트가 도사린다. 주식도 어쩌면 또 하나의 과제, 금융 문명인으로서 갖춰야 할 필수 스탯이 된 건 아닐까?

FOMO(Fear Of Missing Out) 족이란 말까지 생길 정도다. 인간은 사회적 동물이라는 특성상, 사회의 변화와 흐름에서 도태되는 데 두려움을 갖는 건 어찌 보면 당연한 일이다. 큰마음 먹고 주식판에 뛰어들어도 머리 빠질 지경인데, 아직 시작도 못한 사람은 그래서 또 스트레스를 받는다.

개미로 대표되는 개인투자자의 위상이 높아질수록, 주식으로 큰돈 만진 슈퍼개미의 인생역전 썰이 늘어갈수록, 주식의 'ㅈ' 자도 아직 못 써본 이들에겐 불안감이 엄습한다. 해도 난리, 안 해도 난리인 작금의 슬픈 현실 앞에 '주식 체질 판독법'을 제안하는 바다.

주식은 농사와 닮았다. 사계절 내내 체력과 정성을 다해 농사를 짓듯, 주식도 우리 시간과 에너지를 갈아 넣으며 정성껏 돌봐야 한다. 내 주식을 한 번 사보면 알게 된다. 매수 뒤엔 앱 지워버리고 주가에 일희일비하지 말라지만 그게 어디 말처럼 쉽나. 매수 체결되자마자 상승세가 푹 하고 꺾이기도 하고, 정해둔 손절라인을 비웃기라도 하듯 지하 멘틀까지 다이빙을 하기도 한다.

제 아무리 멘탈 갑에 심신 건강한 사람이라도 남들은 다 벌고 나간다는 상승장에서 폭락을 마주하면 도무지 일상에 집중하기 힘들어진다. 오를 때도 마찬가지. 딱 5%만 먹고 나가야지 했던 다짐은 심상치 않은 상승곡선 앞에 하릴없이 무너진다. 2%만 더, 아니 100,000원만 더… 하며 세상 질척거리는 스스로를 마주하기도 한다.

매수는 기술, 매도는 예술이랬나. 실제로 주식을 적절한 타이밍에 털고 나오는 것이 사는 것보다 훨씬 어렵다. 팔아야지 했던 지점에 다다르면 호가창에서 눈을 뗄 수 없게 된다.

결론적으로 내가 산 주식이 잘 되든 못 되든 일단 이 판에 뛰어든 이상 우린 모두 근면한 농부가 된다. 9시 장이 열리면 밭에 나가 물을 대든 낫질을 하든, 장이 닫히는 그 순간까지 노역을 하게 되는 것이다.

10년 차 개미인 나의 단골 멘트가 있다.

'아, 주식 진짜 나랑 안 맞는 것 같아….'

뭐 하나 꽂히면 앞뒤 안 재고 몰입에 특화된 인간이어서 더 그럴지도 모르겠다. 전 종목을 매일 바지런히 관리하진 않지만,

고민 끝에 매수하고 머리 싸매다 매도하는 그 모든 과정에 초연하기란 쉽지 않다. 전문 투자자도 아니고 시간 많은 한량도 아니고 생업에 매여 있는 내게 주식은 곧 주경주경(晝耕株耕)인 셈.

나 대신 돈 벌어오라고 투자하는 건데, 그 사팔사팔의 과정에서 일을 하고 있는 건 결국 나다. 어디에 뿌려서 언제 어떻게 거둘지 결정하는 것 또한 나의 몫이기 때문이다.

하여, 가끔 어느 정도 수익을 본 날에도 밀려오는 현타의 밤이 있다. 내가 지금 이거 벌자고 그 고생을 한 거야…? 멋모르고 들어갔다 어떻게든 손해 안 보려고 이리저리 물 타고, 몇 번 타이밍 놓치다 비로소 탈출이란 걸 한다. 플러스를 봤을지언정 그간 투입된 나의 시간과 에너지, 마음고생과 정신적 고통까지 계산하면 이건 명백히 마이너스인 거다.

그때 처음으로 내 시급을 떠올렸다. 주식으로 단돈 몇 만 원이라도 벌었다고 그게 다 수익일까? 별 생각 없이 들어가 운 좋게 용돈 벌고 나올 수 있다면 참 좋겠지만 그게 어디 쉬나.

경력이 쌓일수록 사전 스터디도 공을 들이게 되고, 되도록 저점에 들어가 될 수 있는 한 많이 먹고 나오고 싶은 것이 만국 개미들의 마음이다. 그 과정에서 본인의 성향과 본업의 경제적 가치, 주식에 대한 태도 등을 되도록 냉철하게 체크해봤으면 한다.

주변에 주식 잘하는 친구들을 보면 공통점이 있다. 매사 군더더기 없고 특히 감정 선이 심플하다는 것. 나처럼 '이때 더 샀어야 했는데, 좀만 묵혔다 팔았으면 재킷을 하나 사는 건데' 하는 미련 많은 사람들은 같은 기간 같은 돈을 굴리는 데 드는 에너지가 비효율적일 수밖에 없다.

후배 하나도 생업과 주식을 병행하는 딱 요즘 세대다. 카페에서 같이 수다를 떨던 중 휴대폰 알림이 울리자 "잠시만요" 하고 틱틱 버튼을 누르더니 다시 대화로 돌아온다.

"뭐 했어?"

"주식 팔았어요. 오늘 드디어 좀 올랐네요."

"더 먹고 나오지, 안 아까워?" 했더니 벌었는데 뭐가 아깝냐고, 목표수익 먹었으면 자긴 뒤도 안 돌아보고 나온다는 거다. 아니… 나도 그걸 머리로는 아는데 실천이 잘 안 되니까 그렇지….

자기 성향부터 스스로 파악해야 한다. 주가가 좀 떨어져도 의연하게 일상을 날 수 있는 사람인지, 수익은 내가 딱 정한 만큼 먹고 나올 수 있는 성격인지, 연애만 그런 줄 알았는데 돈 앞에선 더 질척거리는 스타일인지. 주식, 그리고 돈 앞에 자기객관화를 해보면 좋겠다.

내 주식 계좌에도 고리짝 유품 같은 주식이 하나 있다. 게임으로 치면 NPC(Non-Player Character, 한곳에 머물며 게임 진행을 돕는 도우미 캐릭터. 이동하거나 액션을 취할 수 없다)라고 해야 하나.

10년 전 주식 갓 시작하고 담은 880주가 그 모습 그대로 망부석처럼 있는 지에스이(053050)가 바로 그 주인공이다. 진주, 삼천포, 거창 등 남부 지역 도시가스 공급업체의 주식을 왜 산 건지 사실 나도 기억나지 않는다. 당시엔 분명 추천받은 이유가 있었을 텐데 너무도 오래전 일이라 기억조차 가물가물하다.

앞서 여러 고인물 주식들이 존버 매직을 거쳐 결국엔 수익 구간으로 전환된 사례들을 공유했다. 온 국민이 주식에 매달린 2021년에도 지에스이 주가는 거의 반미라 상태로 계좌에 안치되어 있다. 대개 반토막을 지나 상폐가 되건, 코스피 상승과 함께 몸값을 말아 올리건 둘 중 하나인데 정말 신기할 정도로 플러스,

마이너스 몇 만 원 근처를 맴도는 신기한 주식이다.

아, 물론 10년짜리 차트를 소환하자면 이것도 나름 2,000원 대 후반 신고가를 찍은 역사가 있다. 작년 가을엔 다소 황당한 코로나 특수를 맞고 2,000원대를 뚫기도 했다. 사실 2,665원 최고가를 찍은 2016년에는 증권 앱 비밀번호도 잊은 채 스스로가 주주인 것도 까먹고 지내던 때라 아쉬움을 논하기에도 조금 머쓱하다.

지난 가을, 코로나 장기화로 집콕이 길어져 사람들이 가스를 많이 쓸 거라는 거짓말 같은 호재를 맞아 2,000원대 근처에 갔을 땐 비로소 기회가 왔구나 싶었다. 한 3일을 고민고민 하다 결국엔 팔지 못했다. 지금이 타이밍이란 걸 누구보다 강렬하게 느꼈지만 매도 버튼을 누르려니 이상하게 갈등이 되는 거다.

횡보라고 부르기도 민망할 정도로 몸집이 무거운 걸 알기에 더 갈 거란 기대감도 아니었다. 심하게 물려 있던 주식도 아니어서 멘탈 보상 수익에 목을 맬 것도 아니었다. 2,000원 넘는 꼴은 보고 팔아야지 싶은 욕심 또한 아니었다.

뭐라 규정할 수 없는 마음이었다. 정이 제일 무섭단 말을 내 주식판에서 느낄 줄이야. 내 마음도 몰라준 채 여느 때처럼 지에 스이 주가는 1,700원대 중반을 평화롭게 유영한다. 때론 20,000 원쯤 수익이 나기도 하고 40,000원쯤 마이너스가 나기도 하면서.

지에스이 장부엔 괄호 치고 마이너스 500,000원을 달아 마 땅하다. 총 1,500,000원 정도 되는 시드를 그저 이렇게 방치하고 있는 거니까. 그것도 무려 10년을. 그 기회비용을 생각하면 주식 에도 감가상각의 법칙을 적용해야 마땅하지 않겠는가.

물론 내가 주식 천재도 아니고 곧잘 잃기도 하는 인간이니 소소하게 매년 50,000원씩만 쳐보자. 그래도 10년이면 500,000 원 돈이다. 맘씨 좋은 노포 칼국수 집도 아니고, 세상 모든 물가 가 다 오른 요즘도 그 시절 그 주가를 유지 중인 한결 같은 너란 주식.

이 굼뜬 주식을 보고 있노라면 수익도 다 같은 수익이 아님 을 깨닫는다. 그 주식을 사고팔기까지 걸린 세월과 그만큼의 내 에너지를 환전해 괄호 속에 병기해야 마땅하다. 그리고 지금에서 야 그것이 미련이고 우유부단함이고 주식 못 하는 나의 성격임 을 인정해본다.

더불어, 내 본업의 가치와 나의 시급도 고려해보면 좋겠다. 투자는 돈을 굴려 더 불리겠단 의미니 단순히 시급과 수익률을 비교할 일은 아니지만 주식이 무조건 정답은 아닐 수 있단 이야기를 하고 싶다. 유독 종목 선정부터 사팔사팔의 과정이 길고, 투입 대비 수익이 한참이나 낮다면 그 사람은 주식 안 하는 편이 낫다.

최근에 본 인스타그램 스토리 중 인상 깊은 Q&A가 있다. 우연히 랜선 집들이 콘텐츠를 보다가 취향도 에티튜드도 마음에 들어 팔로우를 하던 여인의 인스타그램이었다. 워낙 재밌는 이벤트도 아이템도 많은 그녀인지라 '그 드레스 어디 꺼예요?' '소파 테이블 위의 패브릭은 직구하신 건가요?'처럼 대부분의 질문들이 그 돈 어디다 썼니 류였다.

와중에 누군가 주식은 안 하냐는 질문을 던진 것이다. 딱 봐도 맥시멀리스트에 타고난 소비왕 재질임이 분명해 나 역시 궁금하던 차였다. 그러자 '재테크 같은 거 잘 맞지도 않고, 내 일 좋아하고, 돈 잘 벌고 있으니 이미 충분하다'란 대답이 달렸다.

너무도 쿨하고 직선적인 명답 아닌가. 사랑하는 내 업이 있고 먹고사는 데 지장 없다면 굳이 스트레스 받아가며 팔자에도 없는 주식 소장농이 될 필요는 없다. 모두가 될 수 있는 것이 개미지만, 꼭 모두가 될 필요도 없는 게 개미인 것이다.

상승장에도 누군가는 손해를 보며, 투자의 생리상 마이너스는 언제나 내 이야기가 될 수 있다. 반대로 광기의 랠리 속에도 주식이 생각보다 성향에 잘 맞는 사람들이 있다. 수익 내는 패턴이 어느 정도 자리 잡아 지금 받고 있는 시급보다 훨씬 쏠쏠하게 버는 사람도 있을 것이다. 시간 운용이 자유로운 사람이라면 개장 시간에 맞춰 업무하듯 일정 시간 주식에 집중하며 총 연봉을 올릴 수도 있다. 같은 개미여도 본업과 일상의 모습, 성향이 모두 다른 것이다.

주식이 내게 적절한 투자 방법인지, 주식 없이도 본업이나 다른 부업으로 충분히 재밌는 인생을 살 수 있는 사람인지 자기 자신에 대한 판단을 되도록 빨리 내리면 좋다. 내가 개미가 될 상인지 아닌지 한 번쯤 자문해보는 건 어떨까?

10년 전 내게 해주고 싶은
투자 조언

SK하이닉스(000660)

머니월드에서 시간은 곧 돈이자 기회다. 어른의 시간, 그 시속이 이토록 빠를 줄 몰랐던 20대의 나는 버티는 시간의 힘을 믿지 못했다. 특히 돈에 대한 생각은 놀랍도록 단편적이고 본능적이었다.

사회초년생이 되면 으레 듣는, 돈에 관한 잔소리들이 있다. 월급의 반은 저축해라(심지어 80%란 소리도 들어봤다), 안 먹고 안 쓰며 시드 1억을 모아라, 통장을 쪼개라, 풍차 적금을 돌려라 등.

지금 돌아보면 딱히 틀린 말들은 아닌데 이제 막 경제적 독립을 이룬 나로선 별로 와 닿는 구석이 없었다. 반감이 들었다고 보는 게 맞을 것이다. 드디어 사회인 대열에 합류, 내 돈 벌어 내가 쓰겠다는데 구질구질한 잔소리는 듣고 싶지 않았다. 죽을 때까지 써재끼겠다는 본투비 욜로까진 아니어도 어느 정도 보상의 시간을 누리고 싶었던 것 같다.

이미 감지하고 있었는지도 모른다. 인생에 있어 경제적인 압박감 없이 원하는 대로 쓰고 즐길 시간이 생각보다 길지 않다는 걸 말이다. 하여, 20대의 내가 한 일이라곤 크고 작은 이벤트마다 셀프 선물하기, 마음 상하는 일이 생기면 즉각적인 보상으로 나를 돌보기, 어떤 물건이든 3초 만에 구매할 이유 합리화하기 등이었다.

이 시간들이 결코 무의미하진 않았다. 여러 시행착오의 레슨비를 지불하며 내가 진짜 좋아하는 게 뭔지 알아갈 수 있는 시간이었으니까. 더 이상 키는 자라지 않지만 묘하게 달라지는 인상과 나의 분위기에 맞는 스타일을 찾아간 시간이다.

가장 중요한 깨달음은 물질적 보상의 지독한 유한함을 깨쳤다는 데 있다. 새 트렌치코트를 걸어두면 몇 주간은 바라만 봐도 배불렀던 것 같은데, 어느 순간 더 비싼 코트를 사도 만족감이 얼마 가질 못 했다.

새침한 앞코와 날카로운 힐에 매달려 이 도시를 누비는 것이 이 시대 커리어우먼의 미덕이라 착각한 시절도 있었다. 진짜 좋은 신발은 꾸준히 운동한 내 다리 근육과 발에 꼭 맞는 가볍고 편한 운동화였다.

물론 돈 쓰는 즐거움은 즉각적인 행복을 보장한다. 자유롭게 입고 걸치고 소유했던 시간들을 통해 보다 지속 가능한 행복, 그리고 나에 대해 알아가는 기회를 샀다. 20대의 월급은 대부분 그렇게 쓰였다.

우당탕탕 로코 드라마처럼 10년 전 그때로 다시 돌아갈 수 있다면, 나는 어떤 선택을 할까? 어차피 가정이니 신나게 if를 상상해본다면 우선 은행부터 찾을 것 같다.

그 시절 나는 급여통장 말고는 흔한 정기적금이나 변액보험 같은 금융 상품에 도통 관심이 없었다. 아니 오히려 들면 손해란 생각을 했다. 대개 최소 10년은 매달 납입을 요구하는 약관이 너무도 불리하게 느껴졌기 때문이다.

내가 언제까지 이 회사를 다닐지도 모르는데(창창한 신입사원임에도 불구), 10년 동안 인생에 무슨 일이 있을 줄 알고(눈 감았다 떠보니 10년이 지났을 줄이야), 얼마 되지도 않는 이자를 위해 은행 좋은 일을 하나 싶어 거리를 뒀다.

　맹목적인 장기 저축보단 회전율 빠른 투자를 권하는 오늘의 관점으론 뭐 꼭 틀린 이야기도 아니다. 은행이나 보험 상품이 죄다 건강한 구조의 우량 상품, 절대선을 뜻하는 것은 아니다. 화려한 영업 스킬로 이익률을 홍보하지만 실상은 장기간 내 돈 맡겨놓고 보험회사 사업비를 필요 이상으로 뜯기거나, 알고 보니 변동금리라며 물가상승률 대비 보잘 것 없는 이자를 돌려받는 경우도 많다.

　나도 비과세 그리고 복리란 두 마디에 홀려 뭐가 얼마나 좋은 건지 이해도 못한 채 가입했던 저축보험이 하나 있다. 어차피 적금도 안 드는데 저축한다 생각하고 별 의심 없이 9년째 납입을 이어갔다.

　그사이 한 번도 연락 없던 보험회사에서 어느 날 갑자기 회사 로비까지 찾아오는 열정을 보이며 안내를 해주겠다는 게 아닌가. 사회생활 짬이 어느 정도 차다 보니 그때쯤엔 대충 눈치를 챘다.

영업사원이 귀한 업무 시간에 회사까지 찾아와 뭔가를 설명하고 선택을 유도한다는 건, 그 회사 실적에 유리한 영업을 건넬 확률이 크다. 뭐가 뭔지도 모르고 관성적으로 자동이체를 하던 터라 정신줄 붙들고 설명을 들은 뒤, 좀 생각해보겠다며 답변을 유보하고 돌아왔다.

해지 환급금 100% 시점이 도래하니 이자율 보장을 미끼로 몇 년을 더 저당 잡으려는 셈인 듯했다. 2012년 가입 당시 가정이율은 무려 4.9%. 저금리 시대의 현 공시이율은 2% 극초반이다.

보험설계사가 파일까지 곱게 만들어 설파했던 예상 환급금 표는 말 그대로 청사진에 불과했던 것이다. 이게 뭐지 싶어 비슷한 저축보험 구조를 파봤더니 역시나 그 불합리성에 해지민원을 걸고 여기저기 머리를 맞대는 글들을 심심치 않게 찾아볼 수 있었다.

내가 가입한 금융 상품에 사업비가 어마어마하게 붙어 있다는 사실도 알게 되었다. 워낙 오래 전이라 기억도 가물가물하지만 사업비란 존재를 이때 처음 알게 되었으니 애초에 친절히 고지받은 적은 없는 것 같다. 사업비란 영업사원 수당 등 회사 운영에 필요한 보험사의 경비인데, 이게 나도 모르는 사이 내 보험료에 포함되어 있었다.

적정한 수준이야 감안한다만 피해자 연대모임급으로 해지 민원 후기가 넘쳐나는 상품들은 대개 이 사업비를 무리한 수준으로 책정, 심지어 꽤 오랫동안 떼어간다. 묘한 배신감에 당장 해지를 할까도 싶었지만 가입 초반도 아니고 원금 손실을 보고 나가는 건 좀 아닌 듯해 일단은 유지했다.

그때로 돌아간다면 단돈 100,000원이라도 삼전 주식을 사지, 이런 '고등 수학 II' 버금가는 어렵고 복잡한 상품은 들지 않을 거다. 한편으론 미리 눈탱이 맞은 덕에 얼마간 저축이라도 했지 싶다. 아무것도 모를 때 코 베인 경향이 없지 않으나, 베일 때 베이더라도 긴 시간 동안 납입을 이어왔다는 사실 하나만큼은 의미가 있다. 물론 다시 한번 말하지만 그때로 돌아간다면 저축보험 말고 주식을 모을 거다.

그리고 또 한 가지, 청약통장 가입. 재테크 기본 중의 기본인 청약통장을 나는 늦어도 너무 늦게 가입했다. 은행에서 수차례 권유했지만 2010년대엔 내가 내 손으로 집을 산다는 행위 자체를 상상하기 어려웠다.

너무 큰돈이기도 하고 자산에 대한 개념 자체가 흐릿했다. 청약통장은 대대손손 대가족 꾸리려는 인생 목표가 있는 사람들에게만 필요한 통장인 줄 알았다. 막판에 정신 차리고 가입하긴 했지만 기회가 된다면 하루라도 빨리 납입을 시작하면 좋겠다.

뿐만 아니라 대출 레버리지를 활용해 미리미리 내 집 마련을 하겠다. 옷장에 탕진한 돈, 대출 갚는 데 썼으면 참 좋았을 텐데. 인생이란 언제나 그렇듯 지나서야 그 답이 선명해진다. 그땐 왜 몰랐지 하는 후회보단 앞으로의 방향을 단단히 하는 쪽으로 화살표를 옮기려 한다.

주식도 빼놓을 수 없지. 주식 계좌 트고 거래를 시작한 게 무려 10년 전. 준비 없이 덜컥 시작한 묻지마 투자에 놀라 '주식=도박' 혹은 '주식은 나와 맞지 않는 것'으로 단정 지어버린 점이 아쉽다.

오늘까지도 유효한 나의 주식 자부심이 하나 있다면 평단 30,000원대에 보유하고 있는 SK하이닉스(000660)다. 멋모르고 추천주를 마구 담았던 주식 중 감사하게도 하이닉스가 있어 10년간 전체 수익률 방어에 큰 힘이 되었다.

안타까운 점은 2013년도 당시 32,000원 하던 하이닉스 주식을 140주나 샀는데 그걸 야금야금 팔아 지금은 15주밖에 남지 않았다는 것. 당시에도 하이닉스 주가는 계속 우상향이었다. 다른 주식들은 물려 있어 마이너스를 치고 있으니 카드값이 빵꾸나거나 급전이 필요할 때 하이닉스 주식을 10주, 20주씩 팔아 생활비로 썼다. 주식도 자산이니 자금 융통할 땐 마이너스 주식을 손절하기보다 플러스 주식을 수익실현 하는 것이 현명한 판단이라고 그땐 생각했었다.

　좀 더 똘똘하게 월급 운용을 했다면 그 140주가 지금까지 잔고에 남아 있을 텐데. 300%가 넘는 수익률의 그 하이닉스가 말이다. 다시 주식을 재개한 작년에도 하이닉스는 계속 상승세였다. 용기내서 불타기라도 했음 좋았을 텐데 그러기에 자존심 상할 정도로 아름다운 평단이었다.

　엄청난 혜안과 안목으로 가치투자에 성공한 것도 아니고 뒷발질로 얻어걸린 주식이지만 10년이란 시간이 얼마나 강력한지는, 전망 좋은 기업의 주가만 봐도 알 수 있다. 생활비로 매도당한 125주가 아직도 종종 생각나 잠 못 이루는, 나의 주식 자부심이여…!

막연한 상상이었지만 10년 전으로 돌아가면 꽤나 바쁘겠다. 차곡차곡 통장 분리도 하고, 3년·5년씩 빡세게 적금 돌려 시드도 만들고, 보금자리론 대출 받아 집도 사고, 삼성·현대·SK 주요 계열사 알짜 주식도 모으려면 말이다.

　　이미 지난 과거의 if보단 10년 뒤의 오늘을 생각하고 싶다. 40~50대의 내가 떠올릴 30대의 나는 과연 무엇을 해야 좋을지, 돌아보니 그때 그래도 열심히 살았구나 싶은 오늘의 모습을 말이다. 후회와 아쉬움뿐인 과거보단 지금 당장 실행에 옮길 수 있는 희망적인 것들을 바라보고 싶다.

　　그리고 무엇보다 인생이 생각보다 꽤 빠르게 흐른다는 것을 잊지 않기로 한다. 내 일이 아닐 거야, 내 인생엔 없을 거야 싶은 남의 이야기들이 언젠가 코앞에 닥치는 순간들이 온다. 생각보다 시간은 무척 빨리 흐른다. 돈의 세계는 특히나 더.

주식도 인생도
결국은 우상향

어느 날 인스타그램 피드를 슥슥 내리다 눈에 걸리는 포스트를 하나 발견한다. 솔직하고 유쾌한 에세이를 무려 먼슬리 시리즈로 엮어낸 지금 나의 출판사, 드렁큰에디터의 원고 공모 포스트였다. 인스타그램으로 원고 공모라니, 역시 신박한 어프로치였다.

하늘이 준 기회인가 싶어 요건을 읽어 내려가다 이내 허탈한 마음이 들었다. 에이 뭐야, 주식이잖아? 다른 건 진짜 잘 쓸 수 있는데! 아쉬워 죽을 것 같은 기분을 뒤로하고 일상을 났다. 하루, 이틀 그리고 사흘. 세면대 앞에서 양치를 할 때나 퇴근길

지하철 플랫폼의 노란 줄을 밟고 서 있을 때, 수면등을 내리는 순간마다 계속 생각이 났다.

'진짜 아쉽네, 왜 하필 주식이야…. 그냥 써보기라도 할까? 아니 근데 내가 뭐라고 주식을 논해. 말도 안 되지.'

하루에도 몇 번씩 마음이 분열된 사람처럼 번뇌했다. 일단 한번 책상에나 앉아보자 싶었다. 투고할 만큼 뭐라도 써지면 도전해보는 거고, 아님 마는 거지 뭐. 주식을 테마로 내가 할 수 있는 가장 나다운 이야기를 샘플원고와 기획안에 담아 보냈다. 그리고 몇 주 뒤, 인생 첫 출판 계약서에 도장을 찍었다.

평생 '어떻게 하면 더 재밌게 돈을 쓸까'에 몰두해온 맥시멀리스트 쇼핑왕이자 물욕의 화신, 풀소유에 최적화된 내가 주식에세이라니! 출간을 목전에 두고도 여전히 믿기지 않는 초현실 어디쯤에 놓여 있는 기분이다.

그런 내가 무려 주식으로 책 한 권을 채울 수 있었던 원동력은 그간의 고군분투와 마음고생, 그 주변을 너울 쳤던 오만 가지 감정들 덕분이다. 당시엔 투자랍시고 덤빈 주식에 애먼 돈을 날리고 필요 이상의 감정소모를 하는 상황이 아이러니하기도 하고, 세상에 나만 이렇게 주식 못 하는 건가 싶어 자괴감이 들 때도 많았다.

원고를 쓰려니 그 모든 삽질의 순간들이 소재가 되고 동력이 되었다. 당시엔 울며불며 치워버린 주식도 곱씹다 보니 나름의 레슨이 있었고, 그 과정들을 반복하며 주식과 함께 잘 지내는 법을 깨달아가는 나를 발견하기도 했다. 인생에 허튼 삽질이란 없단 교훈을. 물린 주식 썰로 책 한 권을 채워가며 절실히 느꼈다.

이거다 싶은 확신과 완벽한 플랜이 받쳐주지 않으면 좀처럼 움직이길 꺼리며 인생 대부분을 났다. 되도록 완벽하게 준비해 의도한 순서와 방향대로 삶을 운용하고 싶었다. 그게 인생을 사는 재미이자 의미라고 생각했다. 그건 계획하고 준비한 대로 인생이 흘러줄 거란 철없는 믿음이자 일종의 자만이라는 걸 이제는 좀 알 것도 같다.

이 책을 이룬 건 결국 망하고 물린 지난날의 시행착오와 어쨌든 해보자며 그날 책상 앞에 앉아 원고를 써내려간 대책 없는 시도 덕분이다. 사흘 밤낮 미련 끝에 원고를 써 보낸 그날의 타이밍과 운발의 화학작용 덕분이기도 하다.

주식도 인생도 실패와 위기, 몰입과 행운 그 어디쯤에 있지 않을까. 앞으로도 오늘처럼 '운이 좋게도, 감사하게도, 그리고 즐겁게도'란 말을 더 많이 하고 살 수 있으면 좋겠다.

주식을 해보니 이제 알 것도 같다. 주식도 인생도 결국은 우상향이란 걸.

일희일비의 맛

2021년 7월 1일 초판 1쇄

지은이 홍민지
펴낸이 남연정
디자인 MALLYBOOK 최윤선, 정효진
펴낸곳 드렁큰에디터

출판등록 2020년 4월 20일 제2020-000042호
이메일 drunken.editor.book@gmail.com
인스타그램 @drunken_editor

ISBN 979-11-90931-54-0 (03810)